KB095036

여우야 여우야
뭐 하니

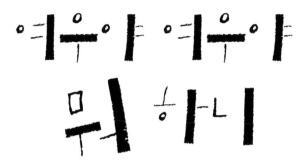

여우야 여우야 뭐 하니

글 **김나나**　그림 **정이든**

좋은땅

'따듯한 사람이구나.'
김나나 씨에 대한 첫 인상이었다.
"나이가 들면 좋은 점이 하나도 없다."고
폴 뉴먼이 말했다지만 진짜 좋은 점이 딱 하나 있다.
사람을 보는 눈이 깊어진다는 것이나.

나나 씨에게서 가장 놀라운 점은 그냥 받아들이는 능력이었다.
처음 본 사람인 '나'를 그냥 받아들여 줬다.
그리고 두 번째로 놀란 점은 '꾸밈없다'는 점이었다.

처음 만났을 때 마음속으로 물었다.
'참 운이 좋은 사람인가?
아님 복이 많은 사람?'
'똑똑한 사람이 부지런한 사람을 못 당하고
부지런한 사람이 복 많은 사람을
못 당한다.'는 말을 떠올렸다.

냉정하면서도 공들여 부인을 챙기는

남편 김후준 씨를 보며
'저 부부는 아마도 유치원, 초등학교 동창?'이란
생각을 했다.
오랜 시간을 함께한 부부를 보면 대단하다고
늘 생각했다.
삶이란, 인간관계란, 가족이란
치명적인 상처를 주고받기 때문이다.
그런데 김후준, 김나나 부부에게는
그런 '막장 드라마'가 없다는 감이 왔다.
왜일까?
신앙의 힘이었을까?
대개 동지애로 살아가는 한국의 부부들보다
더 끈끈했겠지?
이런저런 생각을 했다.

그런데 내게 막장은 아니나
'인생'을 송두리째 되돌아볼 순간이 찾아왔다.
그때 나나 씨가 카톡을 보냈다.

'전여옥 씨를 위해 기도하는데
얼마나 간절함이 나오던지요.'

왜 나는 그 카톡을 읽으며 눈물을 흘렸을까?
그리고 기쁘게 웃었을까?

그것은 나나 씨의 '진심'이
자연스럽게 느껴졌기 때문이었다.
나나 씨는 부지런한 사람, 운이 좋은 사람이 아니라
'진실한 사람'이었다.
나는 위로받았고 큰 용기를 얻었다.

이번에 나나 씨가 사업에 바쁜 남편,
둥지를 떠난 아이들, 그 외로움 속에서 쓴 글들을 보내 왔다.
짧은 글 속에 한 인간의 모든 시간이 담겨 있었다.

유행가 가사처럼 '고독'에 몸부림치지 않고
고독과 친구 삼으며 나나 씨가 견딘 세월의 보고서였다.

그 소박하고 따뜻하고 편안한 글이 김나나 씨에서
'김나나 작가'를 발견하게 만들었다.
나에게도 큰 기쁨이었다.

카리스마는 '신의 은총'이란 뜻이라고 한다.
인간 김나나 씨를 사랑한 신께서 '작가 김나나'의

카리스마를 예정한 것이 분명했다.

그렇지 않고서야 이렇게 신께서 특별히 사랑한

'피조물'이 내 곁에 존재할 수 있었겠는가?

2023년 1월 4일

김나나 작가에게 전여옥

정신없이 달려온 세월이

어찌나 빠르게 지나갔는지

뒤돌아보니 모든 것이

아쉬움과 그리움이 되었고

그 촘촘히 박힌 석류알 같은

이야기들을 헤집는 동안

그 추억들은 더 큰 그리움으로 다가왔고

그분의 손길은 너무나도 큰 은혜로 나를 덮었다.

과연 그분이 없었다면 이곳까지 올 수 있었을까를

물어보니 대답은 "노."이다.

그렇기에 나의 인생은 주님과 남편

그리고 아이들이 나의 정체성이었으며

분명 내 존재의 이유였다.

이제 그날들을 더듬으며 돌아보니

믿음, 사랑, 은혜, 추억, 눈물 그리움, 감사,

심지어 고통도 단순한 수식어가 아닌

보석이 되어 내 인생길을 반짝이며 빛내 주고 있었다.

그러나

막상 글에 담고 보니 부끄럽고 움츠러들지만

솔직한 마음 그 하나로 용기를 내었다.

이제 이 설익은 글들을 보이려고 하니

결혼식장에 첫발을 내딛는 새색시처럼

떨리고 긴장도 되지만

늘 나의 편이 되어 주시는 그분께

모든 것을 맡기며 한껏 기지개를 켠다.

놀우드 산 언저리에서

김나나

그림을 그리면서

이 책에 그림이 실리게 된 것은 참 우연이었다.

2022년 9월에 미국 동부 쪽으로 여행을 가서
그곳에 살고 있던 김나나 씨 부부와
아침을 먹던 중 "혜림이 엄마 그림 그리시죠?"
라는 질문으로 시작되었다.

평소 카톡을 주고받으며
그녀의 글이 예사롭지 않다고 느꼈지만
이렇게 많은 글들을 모아 놓은 줄을 몰랐다.

한 사람은 그동안 모아 둔 글로
책을 만들고 싶어 했고
다른 한 사람은 그림을 그리고 싶어 했으니
그런 두 여인의 소망이 하나의 결정체가 되어 나와
얼마나 감사한지!

그러니 이 책은
두 여인의 오랜 바람을 이루어 주신
하나님의 선물이란 생각이 든다.

아울러 끊임없이 옆에서 용기를 준
나의 반쪽인 남편과 응원해 준 사랑하는 두 딸
그리고 사위들에게 고마운 말을 전하며
무엇보다도 다함이 없는 감사를 하나님께 드린다.

그림. 정이든

목차

봄을 다시 생각한다

염치가 없네요

꼴통

나들이

너무나 풍요로운 지금
어떤 아이들이 그 흔한 짜장면을 먹고
복잡한 버스를 타고 내려
사람들 속을 누비면서 걷는
그런 나들이를 좋아할까?

아이

하늘하늘 바람결에
흩날리는 긴 머리는
비단실을 풀어놓은 것
처럼 찰랑거리고
조금은 구김이 간 것 같지만
편하게 몸을 감싼 듯
나풀거리는 면 원피스는
아이의 몸과 하나가 되어
편하게 움직이고
짧은 면 양말은 발목을
부드럽게 감싸 주어
흘러내린 듯 아닌 듯
강아지풀처럼 꼬물거리네

세상이 좋아 이젠 신발도
발을 숨 쉬게 하니
물에 젖으면 젖는 대로
날이 좋아지면 금세 말라

발가락 사이로 빛이 들어와
따스하게 감싸네

아이의 신발은 흡사
주둥이가 큰 물고기 같아
발이 두 배는 더 크게 보이고
걸을 때마다
신발 위에 달린 액세서리들이
춤을 추니 그 귀여움에
웃음이 저절로 나오네

아이는
민들레 홀씨 하나 들고
바람개비 날리듯 뛰어가면
이리저리 흩날리는 꽃씨가
나비처럼 팔랑거리며
이곳저곳으로 날아가고

아이의 얼굴은 어느새
발그스름하여 비트를 살짝
물들여 놓은 듯하고
콧등에는 땀방울이

은구슬처럼 송알송알 맺혀
뺨에 살짝 입이라도
맞추고 싶은데

아이는
어느새
꽃가루가 이슬비처럼 날리는
숲으로 달려가니
초록 속에 원피스가
너무나도 선명하여
아이는 차라리
나비 되어 숲을
날아다니는데
그 숲으로 연두색 꽃가루는
회오리바람 되어 따라가네

아…
아이야
숲은 아름다운 이야기만
있는 곳이 아니란다!

보리밥

"아니 딸을 저렇게 키워서
어찌 시집을 보낼꼬!! 쯔쯔
나라님 딸이라 해도 그리 안 키운다."
엄마는 딸에게 쌀밥을 몰래 지어 준 탓에
할머니에게 걱정을 들으셨다.

밥 끓는 냄새만 맡아도
그것이 보리가 섞인 것인지 아니면 쌀밥인지
가늠이 되는 기막힌 코와 입을 가졌던
어린 시절 나의 밥상은 늘 투쟁의 장이었다.

보리밥 먹기를 죽을 만큼 싫어한 나 때문에
엄마는 밥을 안치실 때
아래는 보리 위에는 쌀을 얹으셨지만
끓으면서 쌀과 보리가 섞여
아무리 조심을 해도
내 밥에 보리가 몇 개씩 들어오기 일쑤였는데
나는 보리가 보이기만 해도

숟가락을 슬쩍 놓고 일어서니
엄마가 얼마나 속이 상하셨을지.
시어머니 눈치 보랴
다른 자식들 살피랴
나는 엄마에게 고된 딸이었으리.

어린 나이에도 보리 때문에 나의 일생이
평탄치만은 않을 것 같단 생각을 자주 하게 되었고
할머니 말씀대로
나라님 딸도 쌀밥만 먹을 수 없다는데….
나같은 서민을 어느 신랑이
쌀밥만 먹여 줄 수 있을 것인지.
가난한 시대에 살았던 어린 날의 기우였으니
우습기까지 하다.

보리밥은 단순한 밥이 아니라
어린 날의 나에겐
고통이었고 슬픔이었으며
주위에서 느끼는 것보다
혼자 겪는 고통이 적지 않았다.
어른이 되어 미국에 와서야 안 사실이지만
보리를 그토록 싫어했던 것은

보리 알레르기가 있었기 때문이었는데
그것도 모르고 입이 짧아서
안 먹는 줄 알고 그토록 성화를 하셨으니.

"할머니…
지금은 나라님 딸 아니어도
쌀밥만 먹고 살 수 있어요.
그리고 세상도 풍요로워져서
신랑이 쌀밥만 먹어도 된대요."

언니

8·15 광복절이 되면
전차에 꽃을 장식하여 운행하던 시절이 있었다.
지금 생각하면 그리 대단하지 않지만
그 당시에는 그것을 구경하려고
수많은 사람들이 거리를 메웠는데
내가 기억하는 것은 그 꽃 전차보다
언니 등에 업혀 있었던 것이 더 생생하다.
그때
언니 등에서 나던 냄새는 늘 코를 박고 싶어 했던
엄마의 냄새와 너무도 흡사했기 때문이다.

언니는
그 꽃 전차를 보여 주려고
나를 업고 정신없이 달리니
언니 머리에 내 입술이 부딪혀 피가 나왔지만
행여나 울면 내려놓을까 봐 울지도 않고
언니 등에 가만히 업혀 있었다.

아… 엄마 같은 언니.

어릴 때부터
언니의 동생 사랑은 극성스럽고 남달랐다.

구두를 사서 처음 신은 날
집에 오니 발꿈치도 까지고
발가락은 하루 종일 작은 구두에 갇혀 있어서
감각을 잃고 절뚝절뚝 걸으니
언니는 대야에 물을 떠 와
앉으라며 발가락 하나하나를
어찌나 정성스레 만져 주던지….
언니의 동생 사랑은 그렇게 남달랐다.

언니는 늘 큰 가방을 가지고 다녔는데
만물상처럼 그 안에는 없는 것이 없었다.
추운 날엔 목도리, 장갑은 기본이고
쉐타까지 준비해 동생 등에 걸쳐 주니
어느 부모인들 다 큰 자식에게
그렇게까지 할 수 있을지!

형제들에게뿐만 아니라

노환으로 고생하시던 부모님을
십여 년 세월 동안 한결같이 모시고 살았다.
핵가족과 개인주의가 만연한 세상에서
부모가 치매에 걸리거나 거동이 불편해지면
양로원으로 보내건만.
언니는 움직이지 못하시는 부모님을
돌아가실 때까지 대소변 받아 내며
지극정성으로 모시니 주위 사람들이
효녀상을 줘야 한다며 칭찬을 아끼지 않았다.

그렇게 황소처럼 자기 몸 안 돌보며
부모님 병수발 들고 동생들을 챙기던 언니도
이젠 나이가 들어
여기저기 아프다며 힘들어하니
언니라고 세월을 비켜 갈 순 없겠지만
멀리서 바라만 보는 동생의 마음은
늘 안절부절못한다.

언니가 나를 사랑한 것의 반이라도
해 줄 수 있으면 좋으련만 대서양을 건너야
만날 수 있는 먼 거리에 살아
아플 때 죽 한 그릇 쑤어 줄 수 없고

그저 야속한 세월만 흘러 보내니

유행가 가사처럼

밤낮으로 애간장만 태우고 있다.

뭐 그렇게까지

이십 년쯤 전일까?
고양이를 키운다는 것은 스스로 생각해도
생소하고 낯선 일이었다.
무섭기까지 했으니 말이다.
그러나
간절히 펫(pet)을 원하는 딸을 위해
앞집에 사는 미국 할머니가 플로리다 아들 집에서
비행기 태워 와 선물로 준 고양이를
거절할 수가 없었다.

짙은 회색에 파란 눈을 가진 냥이를
베이비라고 불렀는데
이름처럼 우리 가족에겐 너무 귀엽고
사랑스러운 아기가 되어 버렸다.
사람들을 보면 배를 보이며 벌러덩 자빠지고
의자에 앉아 있으면 나비처럼 살포시 올라와
무릎에 자리를 잡고 앉아 그르렁거리니
어떻게 이뻐하지 않을 수 있을까!

늘 내 뒤를 그림자처럼 따라다니다가
가끔 발에 밟히기까지 하였다.

팔 년이 지난 어느 날
그 아이의 눈이 전혀 보이지 않는다는 것을 알게 되었다.
선룸에서 나비나 새 보는 것을 제일 좋아했었는데
앞이 안 보이면 모든 세상이 캄캄할 텐데
불쌍해서 어떡하나!

쓰나미에 쓸려 내려가는 둑처럼
내 마음은 무너졌고.
눈과 뇌 전문 동물병원에 가니
뇌에 생긴 암 세포가
시신경을 건드려 안 보이는 것이며
암이 이미 온몸으로 번져 더 이상
치료할 수 없다고 했다.

그런 날이 얼마나 지났을까.

비와 눈이 섞여 내려 온 땅은 빙판이 되었고
짙은 회색빛 하늘이
우리의 마음처럼 내려앉을 것 같이

무거워 보인 어느 날
야옹~
외마디 소리조차 낼 수 없는 베이비를
늘 다니던 동물병원에 데려갔더니
더 이상 살 수가 없고 고통이 너무 심해
안락사가 답이라고 하니….

보내기 힘든 우리 마음보다는
지금 고통 속에 있는
베이비를 생각하는 것이
최선이란 결론을 내리고
편히 가게 해 달라는 부탁을 하고선
병원 구석에 웅크리고 앉아
우리 가족들은 그냥 펑펑 울었다.

그렇게
허무하게 보내고
집 안 이곳저곳에 있는
베이비의 흔적에 그리움과 회한은
눈덩이처럼 커져 갔고
이 병원 저 병원 데리고 다닌 것조차 후회스러웠다.

그냥 편하게 놔두었으면 더 좋았을 텐데
온몸에 바늘 자국만 내고 불쌍해서 어떡해!

내가 우는 것을 보고
주위 사람들은 위로한다며 한마디씩 건넨다.
아니…
사람도 아니고 동물인데
뭐 그렇게까지 슬퍼하냐고.

사랑을 주고 받으며 산 세월이
꼭 사람에게만 적용이 될까?
말은 못 하지만 온몸으로 사랑을 표시하며
백 퍼센트 신뢰를 보낸 베이비의 죽음은
'뭐 그렇게까지'가 아니라
견디기 힘든 아픈 일인데….

숲 뒤편으로
희끗희끗 보이는 하늘은
베이비가 떠나던 날과 같이 어둡기만 하다.

또 진눈깨비가 내리려나.

사과 두 개 챙겨 가세요

오랫만에 아들 집을 찾았다.
나나와 합비가 왔다고 좋아하며
이리저리 뛰는 손녀가 귀여워
술래잡기 하며 놀다가
"근데… 지나야 아랫집 할아버지기
쿵쿵거린다고 화를 내면 어떡하지?"
"지금 할아버지 없어요."
"아니 어떻게 아니?"
"차가 없잖아요!"
세상에!
아직 세 살도 안 된 아이가
어찌 그리 상황을 빨리 이해하는지
입이 안 다물어졌다.

아무리 귀여워도 쉬지 않고 움직이는 아이와
노는 것은 보통 일이 아니다.
내가 움직일 수 있는 만큼만
움직였던 것에 익숙해진 몸은

조금만 더 활동을 하면 금세 피로가 찾아오기에.
"지나야 우리 집에 가야 하는데…
어떡하지?"
아기 얼굴이 금방 시무룩해지며
노트에 그림을 그리기 시작한다.
'에고… 서운하구나!'
아무 말 없이 그림을 그리던 아이가
불쑥 테이블 위에 있는 사과 두 개를 가리키며
"나나 사과 두 개 챙겨 가세요."
귀를 의심했다.
"아가 뭐라고 그랬지?"
"사과 두 개 챙겨 가시라구요."
하하하
"챙겨 가란 말을 누가 가르쳐 주었니?"

며칠 동안
챙겨 가란 말이 귓가를 맴돌면서
자꾸 웃음이 나왔다.
세 살도 안 된 아이가 어디서 그런 단어를 배워
그렇게 자연스럽게 쓰는지
고개가 자꾸 갸우뚱거려졌다.
"아~."

답을 찾았다.
아들 가족이 우리 집에 올 때면
이것저것 싸 주면서 했던 말이 생각났다.
"지혜야! 잊지 말고 챙겨 가라."
그 말을 기억했던 것이다.

"나나 사과 두 개 챙겨 가세요!"

메아리가 되어
따스하게 가슴에 울려 퍼진다.

오라버니

내 오라버니는
온 나라가 총성과 화약 냄새로 아비규환이 되고
삶과 죽음의 경계선이 무너지던 해에 태어난
사변둥이다.
어릴 때부터 어찌나 순하고 조용하던지
개미하고 이야기 나누며 놀았단다.
위로는 누나 아래로는 여자 동생이 둘이나 있어서
그런지 여자보다 더 차분하고 부드러워
그것이 도리어 부모님의 걱정이 되기도 하였다.

내가 자라던 어린 시절
그때에는 왜 그리도 겨울이 추웠는지.

마루에서 걸레질을 하고 돌아서면
물기가 닿는 곳마다 미끄럼을 타도 될 정도로
얼음판이 되어
동생과 나는 마루를 닦다가 걸레를 던져 버리고
대청에서 미끄럼을 타며 놀던 추운 때

약간 치매기가 있으셨던 할머니께서
재래식 화장실에 빠져 오물투성이가 되셨는데
오라버니가 엄마는 손도 대지 못하게 하고
할머니를 혼자 씻겨 드리는 것을 보면서
감동이 되어 혼자 방에서 울었던 기억이 난다.

할머니가 불쌍했고
치매 시어머니를 돌보는 엄마의 고생에 맘이 아팠고
오라버니의 그 착하고 고운 마음이
사춘기로 반항하고 싶은 거친 마음에
소독하는 알코올처럼 번져 고통스러워 울었는데
이때 오라버니가 십 대 후반이었으니
어릴 때부터
얼마나 성숙하고 깊은 심성의 사람이었는지!

대형 교회의 세습을 보면서
오라비 생각이 저절로 났다.
35년 세월 동안 뼈를 깎는 수고와 인내로
한 교회만을 섬겼지만
어떤 욕심도 바라는 것 없이
은퇴 후에 교회 근처에 있던 집도 렌트를 주고
조용히 멀리 떠났으니 오라버니는 분명

자기는 무익한 종이었지만 쓰임 받았던 것에
감사하며 겸허하게 떠날 수 있었을 것이다.

너무 온유하고 겸손한 사람!
누군들 오라버니 같을 수 있으며
누군들 그리 충성스러울 수 있었을까!

나에게 비친 오라버니는
하나님의 사람임에 틀림없다.

내 아픔처럼

잠깐 졸았을까?
진동 소리에 깜짝 놀라 전화를 받았더니
딸이었다.
슬픔으로 범벅이 된 목소리는 순간이었지만
수만 가지 나쁜 생각을 떠오르게 하고
입까지 말라 침을 삼킬 수가 없었다.
"무슨 일이 있니?"
"엄마…
다람쥐가 차에 치여서 거의 죽을 것 같은데
어떡하지?
누가 사고를 내고 그냥 가 버렸어."

정말 다행이다.
딸의 응급 상황이 아니니.

밤에 걸려 오는 전화는
너무나 두렵고 긴장이 된다.

"지금 동물 병원도 다 닫았을 텐데 그냥
놔 둬야지 어떡하니?"
"아직 살아서 아파하는데 어떻게 그냥 두고 가?"
딸은 무정한 엄마의 말에 실망이라도 한 듯
나중에 연락하겠다는 말을 남기고 전화를 끊었다.
자정이 훌쩍 지나
딸에게서 다시 연락이 왔는데
구글링을 하여 제일 가까이에 있는
야생 동물 보호소를 찾아 다람쥐를 맡기고
집으로 간다며 전화를 한 것이다.
세상에….
차에 치인 다람쥐를 한밤중에 20마일(32킬로)
이나 떨어진 곳에 데려다주다니!
얼마나 동물을 사랑하면 그럴 수 있는지
내가 낳은 자식이라도 별나다 싶었다.

그다음 날
또 그다음 날도
며칠을 찾아가 다람쥐의 상황을 살피며
살아나길 간절히 바랐지만
그 다람쥐는 결국 흙으로 돌아갔고
딸은 슬픈 목소리로 그 여린 동물의

죽음을 알려 왔다.

다람쥐는 그 작은 몸에 바퀴의 흔적을 안고
얼마나 고통스러웠을지….
별나게 동물을 사랑하는 딸은
자기가 당한 것처럼 아픔을 느꼈을 테지.

딸의 마음을 생각하니
그냥 가라고 말한 자신이 부끄러웠고
동물 사랑이 별나긴 하지만 작은 동물일지라도
그 고통을 '내 아픔처럼' 괴로워하는
마음이 대견했고….

나를 돌아보는 시간이었다.

나들이

요즈음은
결혼식에 가면 답례품 대신 식사를 대접하지만
내가 어릴 때는 손님에게 찰떡을 답례품으로 주었는데
그것이 얼마나 부드럽고 맛이 있던지
아직도 그 맛을 잊을 수가 없다.

어느 봄날
누구의 결혼식이었는지 모르지만
온 가족이 나들이 삼아 간 곳에서 그리 좋아하는
떡 상자를 받아 연신 싱글벙글하고 있는데
짜장면을 먹고 들어가자는 아버지의 말씀은
우리 형제들을 더 없이 기쁘게 했다.
그런데 식당에서 문제가 생겼다.
사람 수대로 짜장면을 여섯 그릇 시켜야 하는데
엄마는 한사코 다섯 그릇만 주문하자는 것이었다.
당신은 배도 부르고 찹쌀떡도 있으니
안 드신다고 하면서….
우리 모두 반대했지만 고집이 센 엄마를

이기지 못하고 결국 짜장면은
엄마 것을 뺀 다섯 그릇만 테이블 위에 올라왔다.
엄마도 잡수고 싶을 텐데….
아무리 같이 드시자고 하여도
안 드신다며 화까지 내시니
마냥 부풀었던 마음은 바람 빠진 풍선처럼
쪼그라들어 버렸고
허리띠를 조이며 알뜰하게 살림을 꾸리시는
엄마를 아무도 이길 수 없었다.

너무나 풍요로운 지금 어떤 아이들이
그 흔한 짜장면을 먹고
복잡한 버스를 타고 내려
사람들 속을 누비며 걷는 그런 나들이를 좋아할까?
그러나 나는 동생과 손잡고
오빠와 언니에게 쓰윽 다가가
일부러 팔을 부딪혀도 보고 한쪽 눈 찡긋하며
흩날리던 벚꽃을 손에 받아 눈처럼 던지며 걸었던
그 나들이가 좋았고 행복했다.

비록
엄마가 같이 드시지를 않아

마음이 아팠지만….

그 가난한 나들이의 가르침은
지금의 풍요로움 속에서도
절제하며 작은 것에도 감사하며 살 수 있는
밑거름이 되었으니 얼마나
아름다운 나들이였는지!

젖병

한 살이 조금 지났을까?
아기는 잠투정을 할 때면 영락없이
젖병을 찾아 떼를 쓰며 울곤 했는데.
그날도
새벽에 젖병을 찾기에
이가 상할까 봐 안 주려 해도 막무가내로 울었다.
할 수 없이 우유병을 물리니
이가 나서 간지러운지 젖병을 물어뜯는 것이 아닌가!
순식간에 젖병 구멍은 크게 뚫렸고
아기는 그것을 더 이상 빨지 못하고
팽개치며 어찌나 서럽게 울던지
나도 덩달아 울어 버렸는데 그것은
아기의 울음이 아니라 사연이 있는
어른의 울음 같았고
잠이 든 후에도 무엇이 그리 서러운지
어깨를 들썩이는 잔잔한 울음은
한참이나 이어졌다.

그 새벽 서러운 울음을 터트렸던 아들은
그 일 이후로
더 이상 젖병을 찾지 않았는데
자기의 생명줄이었던 젖병을 포기할 수밖에 없었던
아픔을 그렇게 토해 냈던 것은 아닌지.

인생사 어디 그 생명줄과 같았던 젖병뿐일까!
포기하고, 돌아서고 내려놓으며
울어야 하는 일들이 얼마나 많은지….

그럴 때마다
삼십여 년 전 우리 아들이 서럽게 울었던
아기의 알을 깨는 고통의 울음과
다시는 젖병을 물지 않겠다는
포기의 울음을 기억한다.

그러나
그분은 선하시기에
우리의 울음 속에는 소망이 있음을….

페어론 언덕에 올라가면

페어론 언덕에 올라가면
다리 아파 걸을 수 없으니
업어 달라 떼쓰며
어리광을 피우는
아기 같은 네 모습이 보일까?

페어론 언덕에 올라가면
롤러 블레이드 타다 넘어져
숲이 떠나가라 우는
엄살쟁이 네 모습이 보일까?

페어론 언덕에 올라가면
나무 숲 사이로 비추이는
하얀 햇살 아래서
자전거 클락션 울리며 달리는
익살스러운 네 모습이 보일까?

페어론 언덕에 올라가면

짧은 바지에
긴 머리 흩날리며
롤러 블레이드 타고
언덕 아래로 질주하는
아름답고 싱그러운
네 모습이 보일까?

일향이

어릴 때
내가 살던 동네에 일향이란 친구가 있었는데
초등학교에 들어가기도 전에 엄마가 돌아가셔서
새엄마 밑에서 온갖 구박을 받으며 자란
불쌍한 아이였다.
어린 나이인데도 자기만큼이나 커 보이는
남동생을 늘 업고 다녔는데
그 무게감 때문인지 그 아이의 집이 있는
산등성이를 오를 때는 얼굴이 창백하다 못해
백지장같이 되어 식은땀을 흘리기까지 했다.

잘 먹고 한참 자랄 나이였지만
점심시간이 되면
아무 소리 없이 교실을 빠져나가
운동장 한구석에 앉아 우는 그 아이를 자주 보았고
일향이가 오늘도 점심을 안 가지고 왔다고
엄마에게 볼멘소리를 하면
당장 집으로 데려오라 하셨고

나는 용수철 달린 인형처럼 벌떡 일어나
가파른 언덕을 한 걸음에 달려 그 손을 잡고 데려와
엄마가 준비한 음식을 주면 얼마나 달게 먹던지
보는 것만으로도 흐뭇했다.

일향이 동생이 몇인지 기억엔 없지만
동생들을 돌보다가 무엇을 잘못했는지
부모에게 맞는 것이 일상이었고
학교 다닌 날보다 안 간 날이
더 많은 것 같은데도 산수 문제를
잘 풀어 선생님의 칭찬을 듣기도 했다.

초등학교를 졸업하고 서로 다른 중학교에
들어가면서 우리는 헤어졌고
일향이네는 어디론가 이사를 갔는데
비가 억수같이 쏟아지던 날
초라한 이삿짐을 리어카에 싣고 떠나는
일향이는 그날도 동생을 업고 있었고
그 가는 허리는 포대기 끈을
받쳐 줄 힘이 없었는지
다리까지 끈이 내려와 있었다.
우리 둘은 말 한마디 못 하고

서운한 눈빛만 주고받으며
그렇게 헤어졌는데….

헤어질 때가 열세 살 정도였고
우리가 다시 만났을 때는
스물다섯 살이 넘었으니
강산도 변한다는 십 년을 훌쩍 지난 후였다.

서울역에서 전철을 타려고 서 있는데
나란히 서서 무심코 옆을 쳐다보다가
눈이 마주친 것이다.
"어머나~
너 일향이 아니니?"
"어머 너는? 어머나 이럴 수가!"
둘은 너무 놀라서 '어머' 소리만을 연발하며
두 손을 맞잡고 뛰었다.
영화를 찍어도 이런 만남은
완전히 절정의 순간일 텐데.
우리의 재회는 그렇게
영화의 클라이맥스처럼 이루어졌다.

말끔하고 예쁘게 그리고 우아하게까지 변한

일향이를 보는 것이 기적처럼 느껴졌다.
수많은 사연을 다 쓸 수는 없지만
일향이는 그 무섭고 지독한 새엄마와
딸을 장작 패듯이 때리는 술 주정뱅이 아빠
그리고 등에 진 무거운 바윗돌 같은 동생들에게서
벗어나 이미 결혼을 한 것이다.

어떻게 그리 빨리 결혼을 했느냐는 질문에
그 큰 눈에서 눈물을 뚝뚝 떨어뜨리며
그 지옥을 벗어날 수 있었던 것은
좋은 신랑을 만났기 때문이란다.
나이 차이는 있었지만
일향이를 품어 주고 사랑하는 그 남편은
부자이기까지 하다니.

결혼하는 날
너무 울어서 신부 화장을 하지 못할 정도였다고 한다.
지난날이 얼마나 고통스러웠을지 짐작할 수 있는 나는
일향이의 이야기를 들으면서 울고 웃었다를
얼마나 반복했는지.

한 번의 해후를 마지막으로

우리는 더 이상 만나지 못했지만
장편소설이 해피엔딩으로 끝나
안도의 숨을 쉬며 책을 셸브에 꽂아 두고
돌아서는 마음처럼 일향이는
나에게 해피엔딩 소설의 주인공 같은
어린 날의 친구였다.

나그네 길

너무 많은 것을 가지고 있어

감사할 줄도 배려할 줄도 모르는

무례한 자가 되지 않고…

나그네에게 물 한 그릇

산을 넘고
계곡을 건너
구름도 산 중턱에 걸려
넘어가지 못할 만큼
오지에 사는
어른을 만나러 가는
남편의 마음은
계곡의 깊이만큼이나
착잡하고 우울하였으리라

돌아가신 어머님이
그곳을 즐겨 가셨기에
가지 말자는 말도
피곤하다는 말도
그 어떤 말도 꺼내지 않았고
그저
그 길 분위기에 맞는
엘가의 첼로 협주곡을

듣고 싶은 마음만 간절했다

등산객들을 상대로
토산물을 파는 가게는
산꼭대기에 있었는데
그곳이 정상이 맞을 거다
그곳에서부터는 내려가는
길만 있으니까
산의 온도는
평지의 온도보다 낮았고
어둠도 일찍 찾아와
그리 두껍지 않은 재킷을 입어서인지
살 속까지 느껴지는
싸늘함에 자꾸 몸이 흔들렸고
조금 더 있으면 이 부딪히는
소리까지 낼 것 같아
남편을 재촉하여
자리를 떠나려 하니
그 여인의 얼굴이 보인다

오랜 세월의 고달픔이
상처처럼 배어 있는 얼굴을

보며 따스한 물 한 컵조차
부탁할 수가 없었다
휴게소에서
뜨거운 커피 한 잔 마시면 되겠지
스스로를 달래며 마지막 인사를 하는데
언제 또 만나냐며
아쉬움을 드러내고
미안한 듯 겸연쩍은 웃음을 지으며
"미국에 갈게." 한다

국내에 살고 있는 것도 아니고
이역만리 떨어진 곳에서
그 깊은 산골로 해가 뉘엿뉘엿 지는
싸늘한 가을의 초저녁에
찾아갔건만 물 한 잔 내놓지
못한 것이 미안해서
그런 웃음을 보낸 것인지
아니면
차 안에서 먹으라고 그 가게에 쌓여 있는
밥풀 과자 하나 손에 쥐어 주지 못한
민망함에 지은 웃음이었을까?

그래…
사람들이 잘한다면
주님이 굳이 그런 말씀을
하지 않으셨겠지

"보잘것없어 보이는 작은 자에게
물 한 그릇 대접하는 것도
내가 기억하겠다."고
그리고
나그네에게도…

밧데이

바람 한 점 없는 뜨거운 아침이다.
혹시나 뒷마당의 나뭇잎에
바람이 스치는지 살펴도
샐쭉하게 토라진 아이처럼 서 있는
나무들이 오늘의 날씨를 예감케 하며
어김없이 사탕수수 농장이 떠오른다.

한 번 지나가는 소나기 뒤의
습한 공기는 숨을 쉬기도 버겁게 하며
무자비하게 내리쬐는 뜨거운 빛은
눈을 멀게 할 수도 있는
인간이 살 수 없는 황무지에서
짐승과 경계선 없이 살며 일하는
불쌍한 밧데이 사람들에게 복음을 전하려고
모든 것을 희생했던 한 선교사님이 계셨다.

선교사님은
뉴욕의 큰 교회에서 목회를 하시다가

아무도 가지 않으려고 하는 남미의 사탕수수 농장으로
자진하여 선교사로 가셨다.
뉴욕에 그대로 계셨다면 편안하게 사실 수 있었을 텐데….
그러기에 사모님에게 미안한 마음이 많으셨을 거다.
그러나 두 분은 그 열악한 환경 속에서도
예수님처럼 밧데이 사람들에게 다가가셨다.

그분들의 헌신적인 선교에 큰 감동을 받았지만
선교사님의 사모님에 대한 사랑 표현은
충격 그 자체였다.
사모님과 스치기만 하여도
등을 두들겨 주시면서 사랑한다고
고백을 하시니 이제 금방 연애를 시작한
연인들일지라도 그렇게 할 수 있을지….
머리 염색도 미리 알아서 해 주시며
남편 때문에 이 척박한 땅에 와서 고생한다며
퉁퉁 부은 다리를 주물러 주시고
사모님의 잡다한 일들을 앞서서 다 하시고는
시치미를 떼시던 그리도 자상한 분이셨는데.

그분이 뎅기열에 걸려
심한 고열로 병원에 입원하시게 되었다.

선교사님 옆에 계셔야 할 사모님은 다른 장소에서
역시 고열로 앓고 있는 손녀를 돌봐야 했기에
같이 계실 수 없었다고 한다.
돌아가시던 날 아침 일찍 병원에 뵈러 갔더니
"당신이 너무 보고 싶었는데
이렇게 만나니 정말 기쁘네."라며 웃으시는데
의사가 지금 위급하시니 잠깐 나가 있으라고 해서
나와 있는 몇 분 사이에 선교사님은 아버지 품으로
가셨다고.

"아…
내가 당신을 너무 사랑합니다.
당신이 그렇게 아픈 줄도 모르고 손녀만 챙겨서 미안해요.
먼저 아버지 품에 가 있으면 내가 곧 따라갈게요.
사랑합니다. 그리고 미안해요." 이렇게 마지막
인사를 하고 싶으셨다면서 우셨다.
작별 인사를 못 한 것이 너무 가슴에 한이 된다고….

아무 말 없이 그리고 눈물을 닦을 생각도 못 하고
사모님과 나는 마주 보고 울었다.
소리내지 않는 울음에 더 아픔이 있다는 것을
그때 알았다.

믿음의 사람들은 이별사도
이렇게 멋지게 하는구나!
세상이 흉내 내지 못하는
믿음의 사람들!

하루 온종일 사탕수수 밭에서
더위, 벌레, 허기와 싸우면서 벌 수 있는 돈은
삼 달러도 안 된다고 한다.
이순신 장군이 찼을 법한 큰 칼을 차고
온몸의 수분이 다 빠진 듯 바짝 마른 할아버지는
사탕수수를 자르면서
몸은 칼자국으로 성한 곳이 없었고
사탕수수를 자르면서 잎에 베이고
칼에도 베이지만 약 하나 쓰지 못하고
저절로 낫기를 기다리다가
살기도 하고 죽기도 하니.
밧데이는 도미니카 공화국에 있는
현대판 사탕수수 노예 농장이었다.

그 밧데이에서
뎅기열에 걸려 순교하신 선교사님과
남편에게 사랑한다라는 작별 인사도 못 건네

가슴 아파하는 사모님의 절규가
온몸에 칼자국이 난 바짝 마른 할아버지의
눈빛과 어우러져 마음에 인장을 찍으니

이 뜨겁고도 잔인한 아침에
신음을 하며 앓는다.

나그네 길

한낮의 뜨거운 태양과
광야에서 부는 거친 바람
해가 지면 내려가는 낮은 온도
그리고
뱀과 전갈의 위험 속에서
그들은 걷고 또 걸었을 거다

어둑어둑 해가 서쪽으로
기울어지고 땅거미가
물안개처럼 내려앉으면
거두었던 큰 장막을 다시 펴
가족들이 쉴 자리를 마련하며
하루의 고단함을 달랬겠지

이런 광야에서
사십 년을 이동하며
천막살이를 한
이스라엘 백성들이 느꼈던

삶의 무게는
얼만큼이나 되었을까!

짐을 싸고 다시 풀 때마다
집이 생각나고 그리워지는
것은 어쩔 수 없는 일
광야에서 장막을 치고 거두는
일을 반복했던 이스라엘 백성처럼
한국에서의 한 달살이는
나그네의 삶을 체험하는
귀한 날들이었다

아무리 호텔에서
신선한 음료수와
좋은 음식을 먹어도
내가 만든 콩밥에 두부를
노릇노릇하게 부치고
뚝배기에 보글보글 끓인
된장찌개가 그리웠고
캐리어에서 구겨진 옷을
꺼내지 않고
정리된 옷장에서 편하게

옷을 골라 입을 수 있는
깨끗한 내 집이 그리웠다
그래…
여행은 나의 일상을 포기하고
낯선 곳에서의 적응이지.
그래서 귀한 자식은
여행을 보내라고 했나 보다

이스라엘 백성의 광야 길 같고
한 달살이 한국여행 길과 같은
나그네 인생길!

너무 많은 것을 가지고 있어
감사할 줄도, 배려할 줄도
모르는 무례한 자가 되지 않고
그렇다고 가난하여
구차하지도 않게
꼭 필요한 것만 가지고
깨끗하고 단정하게
살아야겠다는 생각이
여행길에서 갖게 된
깨달음이었다면

큰 소득이 아닐런지

고등어 조림과 숭늉

내일 낮엔
고등어에 시래기를 넣은 고등어 조림 어떨까?
남편은 열심히 구글링을 하여
그 지방의 토속 음식을 먹게 하려고 애쓴다.

용평에 있는 호텔에서 부지런히 짐을 챙겨
내비가 시키는 대로 식당을 찾아갔는데
인가도 없고 강원도 시내에서 한참 떨어진 한적한 곳에
이런 깨끗한 현대식 건물이 있다는 것이 믿기지 않았다.
인터넷이 발달하지 않았다면
이런 곳에 식당을 차린다는 것은
실패하는 지름길일 텐데.

우리보다 먼저 온 사람들이 식당을 거의 채웠고
고등어 조림이 주 메뉴인 식당인데도
비릿한 냄새는커녕 구수한 냄새가 나는 것이
맛도 좋을 것 같은 예감을 갖게 했다.

"시래기 고등어 조림 이 인분과
메밀 전병 한 접시 부탁드려요."
머리와 입이 딱 붙었는지
생각만으로도 입에서는 군침이 돌고
빨리 들어오라며 재촉을 하는데
둥그런 돌 냄비에 고등어와 시래기
그리고 쑥갓이 듬뿍 들은 냄비가
불에 올려지고 거기에 돌솥에
꼬들꼬들 지어진 밥까지
어찌나 먹음직스럽던지
고국을 그리워하는 마음이
보상을 받는 순간이다.

고등어 조림 국물을 밥과 비벼 먹으라고
다대기까지 테이블에 올려진 것에
갸우뚱했지만 그것은 기우였다.
사람들은 다대기와
조림 국물을 밥에 올려
척척 비벼 어찌나 맛나게 먹던지
부럽기까지 하였지만
비위가 약한 나와 남편은
그렇게까지는 못하고

돌솥에 깔린 누룽지에 물을 부어 만들어진
뜨거운 숭늉을 마시는데 얼마나 시원하던지!
뜨거운 물을 시원하다고
하다니 얼마나 이율배반적인 말인가
한국인만이 할 수 있는 재미있는 표현이다.

그래…
아무리 미국 시민권을 가지고 살아도
역시 나는 한국인이야!

아… 시원하다.

스위스에서

푸른 초장이 언덕 위로 끝없이 펼쳐지고
그 위에서 양 떼들이 한가로이 풀을 뜯고
하얀 앞치마를 두른 하이디란 소녀는
요들송을 부르며 초장을 뛰어다니는 곳이
스위스라는 생각을 하지만
사실 국토의 대부분이 산지이기 때문에
단순히 보여지는 아름다움과
그들이 겪고 있는 실제는 많은 차이가 있다.

뉴욕에서 비행기로 여덟 시간이 걸려 내린
취리히란 도시는 스위스의 북쪽에 위치해 있으며
뉴욕과 비슷한 온도인데도
체감 온도는 10도 이상 차이가 느껴질 정도로
서늘하고 등에 찬물을 끼얹은 듯 자꾸 오싹거린다.
봄에서 여름으로 넘어가는 야릇한 계절이라
평균 온도를 생각해서 얇지도 두껍지도 않은 옷을
챙긴 것이 벌써부터 걱정이 된다.
좀 더 두꺼운 것을 챙길 걸.

돌로 지어진 건물들로 즐비한 시내는
여느 유럽의 도시와 같이
중세 풍경의 느낌이 들지만
스위스의 진짜 모습은 산에 있다.
만년설로 덮인 융프라우 산을 오르면서
스위스 사람들이 얼마나 도전적으로 처절하게
산악 국가를 개척하며 살아왔는지 느낄 수 있었다.

한라산이 1950미터인데 융푸라우는 3454미터이니
한라산에 1500미터 산을 하나 더 얹어 놓은 높이이다.
그 산에 터널을 만들어 산 꼭대기까지 기차로 가는데
세 번이나 갈아타고 기차 타는 시간도
거의 두 시간이 걸리니 인간이 도전할 수 있는 한계가
어디까지일까를 계속 생각나게 하는 곳이었다.

터널을 뚫을 때 만년설로 인해
다이너마이트를 못 쓰고 드릴만 사용하여
터널을 만들었다니 그 고생이 어떠했을지.

융푸라우 산꼭대기에서
물고기와 바다풀의 화석이 발견된 것으로 보아
지질학자들은이 산이 바닷속에 있었다고

추측하기도 하지만 저 산에 쌓인 눈은
수천만 년을 얼고 또 얼었으니
얼마나 두꺼운 것일까?
그 두께가 하도 깊어서 꼭대기에서 바닥으로
떨어지는 데도 며칠이 걸린다고 하니
두려움마저 느껴졌다.

시간을 정해 놓고 먹는 약이지만
심장이 두근거리면 앞뒤 재지 말고
약을 먹으라는 의사의 말이 없었다면
융푸라우 산꼭대기에서 어떤 일이 생겼을지 아찔하다.
도착하자마자 약을 한 알 털어 넣으니 안정이 되어
편하게 움직일 수 있었는데
고지대에서는 평지와 같이 급하게 걷거나 움직이면
쓰러진다고 하여 걸음마 배우는 아기처럼
살살 걸어 다녀야 했다.

같이 올라간 일행 중 한 명은 쓰러져서 일어나지를 못했다.
얼굴이 퉁퉁 붓고 어지러워 서 있지를 못하고 바닥에 누워
의사의 도움을 받는데 산소 부족 현상에서 온다고
하니 산소의 넉넉함에 감사를 했던 적이 있었던가?

융푸라우 정상의 식당에서 봉우리를 마주하고
크림스프와 아몬드로 만든 빵을 먹으며
이 웅장함을 마주하면서도 무언가 먹어야 하는
비속함을 인간이라는 단어로 덮어 버리고
제발 봉우리를 덮고 있는 구름이 걷혀
그 도도함과 신비로움을 드러내 주기를 바라는데
구름이 살살 걷히면서 융푸라우의 장엄한 모습이
드러났다.

아….
이럴 수가!
제발 살살 뛰어라 흥분하지 말거라.
가슴을 진정시키려고 곁눈질을 해 가며
그 모습을 훔쳐 보았다.
마주 보다간 심장이 터지든가 아니면
멈추어 버릴 것 같아서.

도대체 당신은 누구시길래
이렇게도 웅장한 것을
만드실 수 있나요!
내가 그분을 얼마나
알고 있었는지 상상과 실제가 만나는 순간이었다.

"아… 이 거대한 융푸라우를
아버지가 만드셨네요."
창조주가 나의 아버지시라는 그 사실 하나만으로도
감격스럽고 자랑스러워 소리를 지르고 싶은 충동을
누를 수가 없었다.

여보세요… 저 융푸라우를 누가 만드셨는지 아세요?

어디 융푸라우뿐이랴!
하늘과 땅 그리고 그 안의 모든 것을
만드신 분이 나의 아버지시며
나를 사랑하기까지 하시다니!

나는 횡재도
보통 횡재를 한 사람이 아니다.

스위스에서
또 하나님을 만났네!

여우야 여우야 뭐 하니?

해가 뉘엿뉘엿 서쪽으로 기울어지고

창밖으로 불빛이 새어나가

그림자가 드리워지면

숲속 깊은 곳에선 여우가 주위를 살피다

저녁 먹거리를 찾아 또 내려오겠지

그리움

간밤에
그리 비가 내리더니
움츠러들었던
나무들이 생기를 찾아
방금 목욕을 끝내
아이처럼 맑고 깨끗하다

화초밭 고랑에는 물이 고여
어젯밤의 폭우를 일러 주고
먼지 쌓인 뒷마당 벤치는
부지런한 여인네의 손길이
스쳐간 것처럼 반짝인다

먼 산 위에 걸터앉은 구름은
푸른 바다 위의 돛을 단 배같이
출렁이니 금방이라도
철썩이는 파도 소리를 낼 것
같아 귀를 기울여 보네

어느 누구랴

이 아름다운 날

마음속에 그리움 하나

담아 보지 않을까

이제는

성인이 되었지만

어린 날의 딸아이는

찰랑찰랑 긴 머리에

꽃 달린 헤어벨트를 하고

하얀 면 원피스와

레이스 달린 양말을 신고

민들레 홀씨 들고

숲속으로 뛰어가니

아이는

흡사

하얀 나비와도 같았어라

딸과 손잡고

숲으로 난 오솔길 걸으며

동요를 부르던

행복했던 순간들이 떠오르고
그 추억은
다시 돌아갈 수 없는
옛일이 되어
가슴을 파고드니
아…
지독한 그리움은
한숨 되어
물안개처럼
마음에 자욱이 내려앉는다

꽁치구이

몇 년 전
부산 여행을 하던 중 자갈치 시장에서
그 벼르고 벼르던 꽁치를 먹으려고 했지만
꽁치구이 파는 식당은 없고
고등어구이 식당만 즐비하게 있어 좀 의아했다.
다른 선택이 없었기에 고등어구이를 주문하면서
꽁치는 왜 없냐고 물었더니 그것은 맛이 없어
고등어만 구워 판다고 하니 그 말이 이해도 되었다.
지금 시중에서 팔리는 꽁치의 맛은
어릴 때 먹은 그 맛과 전혀 다르기 때문이다.

어릴 때 살던 동네는
그 집에 숟가락이 몇 개 있는지 알 정도로
모두가 한 가족처럼 살았는데 가끔 아주머니들이 모여
수산시장에 가서 생선을 박스로 사 오곤 했다.
그것을 나누는 날은
온 동네가 꽁치 굽는 냄새와 연기로 가득했고
우리 집도 잔치라도 하듯 아예 마당에

돗자리를 깔고 큰 상을 펼쳐 놓으면
한쪽에선 엄마가 연탄 화덕 위에
석쇠를 올려놓고 소금 뿌려 놓은 꽁치를 구우시면
우리 형제들은 방금 고슬하게 지은 하얀 쌀밥과
꽁치를 얼마나 달게 먹었던지.

어제 일 같다.

심하게 앓고 난 후라 그런지
밥알이 입 안에서 모래알처럼 덜그럭거리면
남편은 무엇을 먹고 싶은지 잘 생각해 보고
힘들게 집에서 하지 말고 식당에 가서 먹자고 하지만
아무리 생각을 해도 꽁치구이만 떠오르니
괴롭기만 하다.
지금 생선가게에서 파는 꽁치는
꽁치의 사촌인 정어리라고 하니 생긴 것만
비슷하게 생겼지
맛은 전혀 다르기 때문이다.

이제는
아무리 가고 싶어도
그 옛날로 돌아갈 순 없겠지!

동생과 공기놀이하며 재잘대던
볕이 잘 드는 한옥 마당도
엄마의 손때가 묻어 반지르르한 돗자리에 누워
별자리 찾던 일도
화덕에서 맛있게 구워진 진짜 꽁치구이도.

모두모두 그리움으로
세월의 끝 언저리에 있는 나를 덮을 뿐이다.

계집애

동그란 눈은 샛별같이 반짝이고
검은 단발머리는 기름이라도 바른 듯
윤기가 나고
유난히 하얀 얼굴은
창백하기까지 한데
가끔 홍조를 띤 볼이
너무도 예쁜 계집애다

눈치가 빠르고
부지런한 계집애는
어린 나이임에도
어디를 가나 가만히 있지 못하고
빗자루를 들어 방을 쓸고
걸레를 빨아 닦기도 하니
어른들은 계집애가 기특하여
손에 사탕 하나라도 쥐어 주며
"에구 어린 것이 기특하네.
저리 쓸고 닦으니 게으른

어른들이 배워야 돼!
사랑받는 것은
자기 하기 나름이라니까!"

계집애는
동네에서도 호랑이라고
소문이 난 할머니에게까지
귀여움을 받았는데
빗자루나 걸레를 들어 본 적이 없는
같은 또래의 손녀는
그 아이와 비교가 되어
자주 꾸지람을 듣기에
계집애를 시샘했다

계집애는 어렸지만
어른과 아이를 구분할 줄 알아
또래의 친구들에겐 친절했고
어른에겐 늘 공손하여 칭찬을 들었는데
"에구… 사랑받는 것은
자기 하기 나름이라니까."였다

사랑을 받는 것은

자기 하기 나름이라는 말은
그 계집애를 따라다니는
수식어가 되었고
세월이 흘러도 너무 흘러
계집애는
무릎을 꿇고 방을 닦던
그 어릴 때의 나이만 한
손녀를 두었건만
"사랑받는 것은 자기
하기 나름이다."라는 말을
이제까지 품고 산다

결혼기념일

한결같이 산 세월이
어느새 사십 년이 되었네
수줍은 듯하면서도
가끔씩 잔잔한 미소를
띠는 얼굴이
매력적이었던 남편은
청년이 아니라 도리어
소년이란 단어가
어울리는 사람이었지

태양의 뜨거움에 지쳐
그리도 애타게 가을을
기다리던 그 언저리쯤일런지
그 소년으로부터
방금 싹이 올라와
애처롭기까지 한 풋풋한
마음의 고백을 듣고

몇 년이 지난 어느 날

수줍은 소년과
마음이 따스한 소녀는
한세상 같이 소풍 가자며
어깨동무하였는데
그 세월이 벌써 사십 년이 되었네

그 세월 속에
가끔씩
하늘을 바라보며
별자리 찾아 주고
어스름한 불빛 아래서
시를 읽으며 감동을
나누어 주고
비 오고, 눈 오는 날
뒷산의 동물 생각에
가슴 아파하는 아내를
위로해 줄 줄 아는
따스한 사람과
두 아이 낳아 기르면서
열심히 달려온 날들이

이리도 빨리 지나
그의 머리는 희끗희끗
살아온 세월을 일러 주니
그동안 처자식 보듬느라
수고했다고 큰절이라도
하고 싶어라

이제 남은 세월 길지 않으니
가끔은
뒷동산에 올라가
보석같이 빛나는 별을 세고
가슴 에이는
세레나데도 들으면서
퍼도 퍼도 모자라는 사랑의
두레박을 퍼 올리며 살기를 기도하니
눈물이 방울방울 맺힌 진주 되어
기념일을 빛내네

사춘기

한참 예쁠 나이였다
얼굴에 로션 하나 안 발라도
홍조 띤 얼굴은
만지면 터질 것 같은
복숭아처럼 싱싱하고
화사했는데
어떤 화장을 한들 그렇게
자연스럽고 예쁠 수가 있을지

십 대 후반의 푸르른 언덕에
숨을 헐떡이며 막 오른
아름다운 나이 탓인지
언니 몰래 살짝 훔쳐 입은
원피스는
손색 없이 잘 어울리고
쭉 뻗은 다리 하며 곧고
반짝거리는 긴 팔은
아름다운 성의 기둥처럼

반들거리지만

더벅머리 남학생은
규율부 선생님에게 들켜
듬성듬성 깎인 머리가
꼭 털 뽑아 놓은 수탉처럼
거칠게 보이고
턱에 난 수염과 코밑에
듬성듬성 난 털도
대강 심은 못자리처럼
들쑥날쑥이다

능으로 가는 길
여기저기에
코스모스가 흐드러지게
피어 있었는데
그 시절엔
어디를 가도 왜 그리
코스모스가 많았던지
그래서 코스모스는
단순히 꽃이 아니라
추억이고 그리움인 듯하다

곧게 뻗은 그 길 숲속 어딘가
옹달샘이 하나쯤 있을 것
같은 아름다운 길이라
능 아래로 아득히 내려다
보이는 그 풀숲으로
달리고 싶은 충동을
억제할 수가 없어 사춘기의
소녀는 언덕 아래로 무작정
내달리니 스치는 바람과
발 아래 느껴지는 풀의 까칠함까지도
시원함을 느끼는데
소년은 소녀 뒤를 따라가며
왜 그렇게 달리냐며
걱정스레이 묻지만
코끝에 땀이 송글송글 맺힌
소녀는 애써 눈길을 돌리고
그냥 뛰고 싶어서 뛴다며
숨을 고른다
그 소녀는
그 더벅머리 소년과
예전의 아무렇지도 않은
시큰둥한 사이가 아니라

언덕을 같이 뛰어 내려간

사이가 되었다고 생각했지만

그건 오직 속으로만

간직했을 뿐

오랜 세월이 흘러도

소녀는 언덕 아래로 내달리던

그 풋풋한 이야기를

숨바꼭질같이 들키고

싶지 않은 사춘기의 이야기로

마음 깊이 넣어 둔다

강나루 건너 밀밭 길을

덜컹거리는 버스를 타고
비포장 도로를 한참이나
달려가 내리면
버스는 뿌연 흙먼지를
뿌리며 사라져 버리고
그 먼지 사이로
옹기종기 모여 있는
마을을 보며
부지런히 걷다 보면
냇가에서는 아이들이
물장구를 치며 놀고 있고
열린 울타리 사이로 보이는
아낙네들의 손은
바쁘게 움직인다
아궁이에 불을 지펴
밥을 안치고
마당의 작은 화덕에 올려놓은
된장찌개엔 밭에서 방금 딴

호박과 고추를 숭숭 썰어
넣으며 연신 이마의 땀을
훔쳐 내고

아직도
개울가에서 놀고 있는
아이들을 부르는 소리가
마을 이곳저곳에서
울려 퍼지면
멀리 들녘에 매어 놓은 소도
배고프다며 메에 울고
젖은 옷을 어깨에 얹은
맨발의 아이는
소를 끌고 집으로 향한다

해가 서쪽 산등성이를
붉게 물들이고
그 빛이 검게 변할 때쯤이면
이 집 저 집에서 들려오는
아이들의 떠드는 소리와
아낙네들의 웃는 소리가
한가한 저녁을 시작하고

어느새 슬며시
얼굴을 내민 달은
노곤한 하루를 달래는데

하루 종일 버스에서 시달리고
끼니도 걸러서인지
고슬고슬 가마솥에 지은 밥을
호박잎에 된장찌개 한 숟가락 넣어 싸면
어느새 입 안 가득 침이 고이고
숭늉 만들기 전에
가마솥에서 누룽지 한 웅큼
집어 우물거리며
창문에 걸린 달을 보니
박목월의 시가 저절로
읊어진다

"강나루 건너 밀밭 길을
구름에 달 가듯이
가는 나그네"

이른 새벽
소리 없이 내린 눈이

장독 위에 소복히 쌓이듯

대학 시절 봉사 다니던

시골 교회의 이야기가

아직까지 마음에 그대로 쌓여

오랜 세월 지나도

빛바래지 않은 수채화 되어

마음속의 풍경으로 걸려 있다

당신은 누구시길래

한국 방문 중에
아들 다슬이와 딸 해니를 낳아 기르던
동네를 지나가게 되었다.
그 아이들을 가졌을 때
어찌나 입덧을 심하게 했던지
임신을 몰랐던 이웃 사람들은
나를 말기 암 환자라고 생각했을 정도였지만
입덧의 고통보다는 나의 아이들을 낳아 기르던
행복한 추억들이 배어 있던
그곳을 그냥 지나칠 수 없어
차를 돌려 들어갔더니
북한산 자락 끝으로 난
자그마한 산등성이가 여전히
아파트를 마주하고 있었다.

봄이 되면
언덕에 쑥이 얼마나 많이 자라던지
엄마는 입덧이 심해 물도 삼키지 못하는

딸을 위해 행여나 색다른 것을 먹여 볼까 하여
가파른 산등성이를 조심스레 올라가
쑥을 한 바구니 뜯어 떡을 만들어 주셨는데
이젠 세월이 흘러 쑥을 뜯으셨던
엄마는 흙으로 돌아가셨고
그 맛난 떡을 냄새도 맡지 못하고
물까지 토해 내던 딸은 쑥을 뜯으시던
엄마의 나이가 되었으니 어찌 그 시간들이
한순간에 지나갔는지….

마치 모래사장 위에 써 놓은 글들을
파도가 흔적도 없이 쓸고 간 듯하다.

아… 이럴 수가.
세월이 어쩜 이렇게도 빨리 가 버리다니.
그날들의 빠름이 인식되는 것을 보니
나도
종착역을 향해 빠르게 가는 중이겠지.

긴 여행을 끝내고 집으로 가기 위해
공항의 한구석에 앉아 어두워져 가는
활주로를 바라보는데 많은 라이트들이

아무리 빛을 쏘아도 짙은 회색빛 하늘은
빛을 용납하지 않으려는 듯
밤의 어두운 기운이 활주로를 덮고
라운지에 있는 사람들의
움직임은 조용하기만 한데
마음 깊은 곳에서부터 한 외침이 터져 나온다.

아… 당신은 누구시길래
인생을 만드시어 흙으로 돌아가게 하시며
유한하고 연약한 인생임을 뼛속까지 느껴
절규하게 하십니까!

된장찌개

해가 서산으로 넘어가기 전
붉은 노을이 동네를
따스하게 물들일 쯤
하루의 고단한 일을
마무리하고
집으로 가는 시간은
설레이기까지 했다
대문을 열고 들어서면
된장찌개 냄새와
바글바글 끓는 소리가
이중창 되어 허기진 배를
자극하니 선걸음에
국물을 한 입 먹으면
어찌나 맛있는지
덩실덩실 춤까지 쳐진다

장독대에 놓인
크고 작은 항아리는

엄마의 부지런한 손길이 닿아

반짝이고 그 속에서는

장아찌며 여러 종류의 장들이

사계절의 풍상을 견디며

감칠맛을 잉태해 가고

그렇게 숙성된 된장으로

정성껏 만들어 주셨던

엄마표 된장찌개는

세월이 그리 흘렀건만

여전히 그리움으로 남아 있다

오늘도

그 맛의 미련을 못 버리고 저녁상에

된장찌개를 끓여 올리지만

어릴 때 먹었던 엄마의 손맛을

흉내조차 낼 수 없으니

아마도 낮이고 밤이고

추위와 더위를 견디며

자기를 곰삭힌 장독에서

나온 된장 맛과

속성으로 태어난 장맛은

다르기 때문이리라

그럼에도

된장찌개는

누런 호박 넝쿨 줄줄이 달린

시골의 초가집과 같은

고향의 맛이며

엄마의 맛이기에

새끼줄에 매달린 굴비처럼

그리움이 줄줄

엮여 오는 것이 아닐런지

어린 날의 눈 오는 풍경

자다가
아득히 들려오는
기적 소리에
저절로 눈이 떠지고

소록소록
눈 내리는 소리에
살그머니 문을 열어
장독에 쌓인 눈을 보는데
곤한 잠을 깨신 할머니는
바람 들어온다며
문 닫으라 하시네

멀리서
아주 멀리서 처량하게
"찹쌀떡, 메밀묵 사려." 소리 들리니

저 아저씨는

눈길에 미끄러지지 않을지
밤길에 혼자 무섭지는 않은지

산속에 사는 노루는
눈 덮인 산을 헤매다가
앉을 자리라도 찾을 수 있을지

앞집에 매여 있는 삽살개는
눈을 맞으며 얼마나 추울지

어린 마음에 걱정은
눈보다 더 쌓여만 가는데
야속하게도
눈은 쉼 없이 내려오네

어린 손은
부지런히 할머니 가슴 더듬으며
"노루와 삽살이는 어떡해?"
선잠을 깨신 할머니도
그 마음을 아시는 듯
등을 쓰다듬어 주시며
노루도 삽살이도 하늘이 돕는다 하시네

아무것도 모르고 깊이 잠이 든
어린 동생의 숨소리가
쌔근쌔근 눈 내리는 소리 되어
귓가를 드나들고

노루도 삽살이도 하늘이 돕는다 하니
그제사 아이는 걱정을 내려놓고
할머니 품을 파고드네

추억

오랜만에

십여 년 전에 살았던

낯익고 익숙한 그 동네로

차를 몰며 봄은 아직도

먼 곳에 있다고 생각했는데

어느새 개나리와 벚꽃이

신랑을 기다리는 새색시처럼

온 마을을 예쁘게 단장시켜 놓았고

예전에 살던 그 집도 여전히

옛 모습 그대로 다소곳하게 앉아

떠난 님을 기다리듯

애절하게 나를 기다리고 있는 것만 같았다

남편과 아이들을 기다리며

내다보던 낯익은 창문들

현관문 옆에 붙어 있는

작은 금빛 우체통

해니가 엄마 안 보인다고

맨발로 뛰어나와 울며 서 있던
그 잔디밭
문을 열면 다슬이가
어디 갔다 왔냐며 투정부릴 것 같은
정겨운 내 집이었는데…

지나간 세월을 탓하며
이제라도 길 끝에서 아이들이
엄마를 부르며 달려올 것 같아
그리움을 안고 바라보는데
가슴에 바람이 분다

해니와 손을 잡고 걸었던
이 숲길에서
우리의 발자취라도 찾으려는 듯
기억을 끌어내는데

딸은 마냥 즐거운 듯
노래를 부르며 엄마를
앞서거니 뒤서거니 하고
어디에선가 아들이 장난을 치며
친구들과 떠드는 소리가

귓가를 드나든다

내 아이들의 키와 마음이 자라고
우리의 삶이 녹았던
이 숲길을 다시 걸으며
손에 쥔 풍선을 놓친 아이가 울며
풍선을 따라가듯
추억을 따라가며 중얼거리니
"아… 제발
한 번만이라도 내 아이들을 키우던
때로 되돌아가고 싶어라."

그러나

멀리 창공으로 사라진 풍선처럼
따라갈 수도 잡을 수도 없으니
추억은 이리도
마음에 사무치나 보다

볕이 마실 왔네

고드름은
처마 밑에 주렁주렁 매달려 있고
떨어진 얼음은
질퍽한 땅을 만드는데
철부지 아이는
엄마가 빨아 놓은
하얀 운동화 신고 나가 엉망이 되니
혼날까 집에 못 들어가고
처마 밑에 서서
얼음 낙숫물 받으며
손을 호호 부는데
볕이 마실 왔네

여름이 가고
서늘함이 느껴져
가끔 어깨가 흔들릴 때 쯤
엄마는 찢어진 창호지를 다 뜯어내고
새 창호지에 꽃잎을 대어 바르시니

아늑한 방이 좋아
연신 웃는 딸들에게
금방 찐 고구마 한 소쿠리
방 안에 들여놓으시니
너무 좋아 동생과 눈 마주치며
웃고 있는데
볕이 마실 왔네

이제는
고드름 달린 처마도
꽃잎 붙인 창호지 문도
그리움 속에만 갇혀 있으니
가슴이 절절하여
엄마도 불러보고
형제들을 그리는데
떨어진 눈물 위로
볕이 마실 왔네

여우야 여우야 뭐 하니

커피를 마시고 있는데
시선이 느껴져
조심스레 돌아보니
입이 뾰족한 녀석이
나를 쳐다보고 있는 것이 아닌가.
익숙하지 않은 얼굴인데
"쟤는 누구지?
어머나… 여우다!"
덩치는 작았지만 그 눈은
마치 삶의 무게를
다 견디어 낸 노장처럼
날카롭고 깊었으며
자기 몸의 크기만 한 꼬리는
레드 카펫 위에 선
여배우의 드레스 뒷자락처럼 아름답다.

어릴 적 즐겨 했던 여우 놀이가 생각난다.
"여우야 여우야 뭐 하니?

잠 잔다… 잠꾸러기
세수한다… 멋쟁이
밥 먹는다… 무슨 반찬?
개구리 반찬
죽었니?
살았니?
살았다!"라고 하면
여우를 맡은 아이가 달려가
누구든 잡으면 술래가 바뀌는 놀이였다.

그런데
어릴 적 한 번도 본 적이 없던 여우를
놀면서 그리 소리쳐 불러 대던 여우를
이제야 가까이 서로 마주 보며
뚫어져라 응시를 하고 있다니.
그것도 내가 살고 있는 집
뒤뜰 언덕까지
수십 년이 지난 후에야
나를 찾아온 여우와….

행여나 가 버릴까 봐
마음을 졸이며

시선을 떼지 않고 있는데
여우는 슬며시 일어나
그 우아한 꼬리를 흔들며
조심스레 어두워져 가는 숲으로
사라져 버리니
서운한 마음은 님이 훌쩍 떠나 버린 듯
언덕을 배회하고

해가 뉘엿뉘엿 서쪽으로 기울어지고
창밖으로 불빛이 새어 나가
그림자가 드리워지면
숲 깊은 곳에서
여우가 주위를 살피다
저녁 먹거리를 찾아 또 내려오겠지.

"여우야 여우야 뭐 하니?"

목이 터져라 여우를 부르며
놀았던 어린 시절의 친구들과
동네 골목이 눈에 선하고
그리움은 여우처럼
어두움을 서성거린다.

상추와 쑥갓 그리고 계란찜

여름이 되면
엄마는 대나무 소쿠리에 상추 쑥갓 그리고 고추까지
가득 담아 상에 자주 올리셨는데
양념장도 된장, 고추장이 아닌 간장에 갖은 양념과
참기름을 듬뿍 넣은 것을 즐기셨다.
그러나
입맛이 까다로운 나는 소쿠리만 보아도
난 토끼가 아니니 이런 풀만 주지 말고
고기 반찬을 달라며 투정을 부리곤 했었는데
아이러니하게도 그리 불평을 했던 내가
어른이 되어서는
그 상추와 쑥갓을 자주 먹는다.

쌉싸름한 쑥갓과 상추에 참기름을 잔뜩 넣은
엄마표 양념장을 듬뿍 올려 둥그런 쌈을
입에 넣으면 얼마나 맛이 있는지
혀까지 깨물곤 한다.

가끔

단백질을 운운하는 딸을 위해서

계란찜을 만들어 주셨는데

파를 듬뿍 넣어 기름에 볶고 국간장으로

간을 맞춘 것이 상에 올라온 날은

대문에 들어서기만 해도 그 냄새 때문에

신발도 제대로 못 벗고 방으로 뛰어 들어간다.

형제들과 숟가락 전쟁에서 이긴 후

냄비에 남은 계란 국물에 밥을 비벼 먹던 맛을

어떻게 잊을 수 있을까!

봄이면 냉이나 쑥을 넣어 끓인 된장국을

여름이면 상추와 쑥갓을

가을이 되면 앞뒤를 노릇하게 구운 고등어 구이를

그리고

겨울이면 진이 쭉쭉 늘어나는 나또(일본식 청국장)를

만들어 주셨는데

이 모든 것은

단순한 음식이 아니라 뿔논병아리처럼

자기 털을 뜯어 가며 새끼에게 먹이는

희생과 사랑의 음식이었음을
이제야 깨닫게 되다니….

그것도 기적이야

그래…
홍해가 갈라지는 것만 기적일까?
내가 살아 움직이는 모든 일상과
이런 상큼한 풀냄새를
맡을 수 있는 것
그것도 기적이야!

시금치 무침

아들에게서 전화가 왔다.
"엄마 쉑쉑 버거 사 왔는데 잠깐 들어가도 돼요?"
"그럼 당연히 들어와야지."
"코로나 때문에 좀 걱정이 되서…."
"괜찮아 어서 들어와."
게라지를 열자 마스크에 모자를 쓰고 거기에
선글라스까지 쓴 복면의 아들이 나타났다
'세상에….'
저절로 웃음이 나왔다.
코로나가 무섭긴 하군

들어오지 않으려는 아들을 억지로 집 안으로
들어오게 하니 꿔다 놓은 보릿자루처럼
엉거주춤 구석에 서 있는다
마침 아들이 좋아하는 시금치를 무치고 있었기에
"아들 밥 먹고 가라. 네가 좋아하는 반찬이잖아."
"아니야~ 마스크 벗으면 모두 위험하니까
그냥 갈래요."

간다는 말에 부지런히 식탁에 음식을 차렸지만
"엄마… 다음에 와서 먹을게. 오늘은 그냥 버거 드세요."
"다슬아… 괜찮아 밥 먹고 가라."
"아니… 다음에."

횡하니 나가는 아들을 따라가 마스크를 벗기고
나물을 입에 가득 넣어 주니 얼마나 달게 먹던지
"역시 엄마가 만든 시금치 무침은 맛있어
다음에 와서 많이 먹을게요."
사라지는 아들 차를 멍하니 바라보는데
가슴이 뻐근하게 아파오면서 저절로 눈물이 흐르는데
야속하게도 따스하다니!

무슨 세상이 되었기에 오랫만에 만난 아들과
밥도 같이 먹을 수 없단 말인가
이런 일은 전쟁 중에도 일어날 수 없는 일이야

훌쩍 가 버린 아들이 눈에 밟혀 집 안을 서성이는데
지난날들이 밤하늘의 별이 되어 쏟아졌다

학창 시절 청평으로 수양회 갔을 때
서울에서는 볼 수 없는

밤하늘에 유난히 반짝이던 수많은 별들!
그 별들이 왜 이제야 생각나며 지난 삶은
마치 그 별들과 같다는 생각이 드는 것일까?
아들과 밥도 같이 먹을 수 없는
이런 기막힌 현실 속에서.

아…
기적은 꼭 대단한 것만 아니었어!

떨어져 있던 아이들과 만나 반갑게 허그하며
맛있는 음식을 먹으며
밀린 이야기를 나누었던 날들
남편과 낯선 땅을 밟았던 경이로운 순간들
어디를 가든, 누구를 만나든 의심 없이
편하게 만났던 그 수많은 시간들
심지어 눈물을 흘리며 고통하던 시간들까지도
일상의 삶들은 기적이었고 그 순간순간은
밤하늘에 빛나는 별만큼 아름다운
그분이 연출한 멋진 드라마였다.

이제
가슴 아파 서성이던 발걸음을 멈추고

가만히 그분을 부른다.

"아버지…!"

목이 메인다.

"몰랐어요!

그런데

이젠 알게 되었어요.

어느 것 하나 기적이지 않았던

날들은 없었다는 것을."

그래…

언젠가는 이 힘겨운 날들도

또 다른 기적이 되어

밤하늘의 가장 반짝이고

아름다운 큰 별로 빛나겠지!

콩비지

병아리 머리처럼 생겼다 하여
병아리 콩으로 불리우는
노랑 콩은 칼슘이 풍부해
당뇨병이 있는 사람이나
빈혈이 있는 사람에게
좋다는 정보를 보고
오늘은 아침부터 큰 마음을
먹고 병아리 콩을 물에 담가
다섯 시간 이상 불린 다음
믹서기에 갈고 삼베 천으로 거른
걸쭉한 물은 우유를 조금 넣어
수프로 끓여 먹고
콩 건더기는 푹 익은 김치를
넣고 콩비지를 만들어
저녁상에 올리려고 한다.

친정 엄마는
간장 양념장을 잘 만드셨는데

똑같은 재료를 가지고도
맛의 차이가 나는 것은 재료의 비율인 듯.
엄마의 그런 손맛을 보며
자라 온 터라 나도 양념장은
어느 정도 맛을 낼 수가 있다.

간장이 너무 짜면
양념장이 맛이 없기 때문에
간장에 매실청을 살짝 넣어
소금기를 줄인 다음
여름 뜨거운 볕에 푹 익은 빠알간
고추가루를 듬뿍 넣는다.
고추는 비타민 C가 사과보다 18배가 높다고 하여
아끼지 않고 몇 숟가락 푹 넣으니
기분마저 업이 되는데
정보화 시대라 그런지
이젠 음식을 만들어도 성분을 따지니
좋은 세상인지 아니면
머리 아픈 세상인지.

암튼 오늘 저녁엔
참기름 듬뿍 넣은 고소한 양념장을

김치 콩비지 위에 척 올려 비벼 먹어야겠다.

미국은
급격한 오미크론 확산으로
몸을 움츠리고 있고
세계도 그 추이를 지켜보며
희망을 가지려고 몸부림을
치고 있는 상황인데도 이런 병아리 콩을
주셔서 맛난 저녁을 준비할 수 있으니
감사한 마음이
냄비에서 끓는 콩비지처럼
내 마음에서도 보글보글 끓는다.

그것도 기적이야

화병에 꽃을 꽂는데
갑자기 허리에 심한 경련이 오더니
일어서지도 앉지도 못하는 통증이 찾아왔다.
딱히 무거운 것을 든 것도
아니고 약간 허리를 구부려
꽃을 꽂은 것뿐이었는데

첫째 아이를 출산한 이후로
찾아온 허리 통증과
의자에서 떨어져 허리를 심하게 다친 후론
내 몸의 컨디션에 따라 허리 통증은
불청객처럼 방문을 했다.

허리에 문제가 생기면
아무렇지 않게 하던 일들이
태산을 오르는 일처럼
큰일이 되어 버리고
허리를 숙일 수가 없으니

이를 닦고 세수를 하는 것도
바닥에 떨어진 휴지를 줍는 일조차도 어렵다.
의자에 앉았다 일어나려면
여러 번 시도를 한 후에
비명 소리를 내며 겨우 일어날 수 있고
기침만 해도 허리가 울려 고통스러우니
어느 것 하나 쉽지가 않다.

코로나 사태로 한의원을 찾아갈 수도 없고
그저 가만히 누워 남편이 붙여 주는 파스와
얼음 찜질만을 하며 낫기를 기다리니
이런 일을 겪고 나면 움직이는 것 자체가
기적이 된다.
의자에서 벌떡벌떡 일어나는 남편이
부럽기도 하고 신기해 멍하니 쳐다보며
지나간 일상들이 얼마나 대단한 삶이었는지
그때는 몰랐다.

허리와 씨름을 하며
힘들게 며칠을 보내는 사이에
뒷산은 초록 물감을 풀어 논 듯
파아래지고

나뭇가지 사이로
힐끗힐끗 보이던 산길도
이젠 잎들에 덮여 찾을 수가 없는데
새초롬한 잎들만이
바람과 씨름하며 물소리를 내니
어느새 여름 냄새가
상큼하게 집 안으로 몰려온다.

바이러스로 온 지구가
사투를 벌이고 있는 와중에도 살아남아
이런 싱그런 풀 냄새를 맡을 수 있다니!

그래…
홍해가 갈라지는 것만 기적일까?

내가 살아 움직이는 모든 일상과
이런 상큼한 풀 냄새를 맡을 수 있는 것.

그것도 기적이야!

봄을 다시 생각한다

변함도 없이 어김도 없이 찾아오는

봄꽃들 속에서 단순한 꽃이 아닌

아픔을 견디어 낸 성숙함이 보이니

이제서야

그 고통을 인내로 감수한

봄을 다시 생각한다

밤비

등 위에 점이 아롱다롱한
아기 사슴 밤비는
함박눈이 내리면
하얀 눈사람 되어
얼음보다 더 차가운
겨울밤을 보내고

눈이 비가 되어 내리면
물에 빠진 생쥐처럼
흠뻑 젖어
슬프고도 애절한 눈빛으로
먹이를 찾아 헤매네

어스름히 어둠이 내리고
매서운 칼바람이
흉흉한 소리를 내는
늦은 오후에
무리에서 혼자 떨어진

아기 밤비가 언덕 위에서
고개를 쓰윽 빼고 있으면

이제나저제나
밤비를 기다리고 있던 나는
하던 일을 급히 멈추고
사료 한 바가지 퍼서
아기 사슴에게 다가가네

밤비는
밥을 주는
좋은 아줌마라는 것을
눈치챘는지 그대로 서서
까만 눈으로 바라보니
그 눈빛이 어찌나 간절한지

할 수만 있다면
가슴에 품어
추위를 녹여 주고 싶은데
단숨에 저녁을 끝내고
어둠이 내린
숲속으로 모습을 감추니

진눈깨비 내리는 이 밤
기댈 곳 하나 없는데
아기 사슴 밤비는
길고 긴 추위를
어떻게 견디어 낼지
한숨만 나오는데…

나의 긴 한숨이
따스한 바람 되어
아기 사슴 감싸 주면
얼마나 좋을까!

그 바람 소리가 좋다

버지니아 비치에서 들었던
산만 한 파도를 몰고 오는
큰 물소리 같은
웅장하고도 섬뜩한
그 바람 소리가 좋다

저쪽 끝에서
작은 소리를 내다
이쪽으로 다가오며
갑자기 커지니
흡사
데크레센도와 크레센도를
반복하는 합창 소리 같은

그 바람 소리가 좋다

조금 전에
감은 머리를 말릴 겸

얌전히 빗질하여
풀고 나가면 바람이
머리카락 사이로 들어와
시원하게 말려 주며
간지럽게 속삭이는

그 바람 소리가 좋다

숲속에서 지저귀는
새소리와 바람은
어두움이 내리는
숲속의 듀엣이 되어
아기 사슴 밤비를 재우니
자장가처럼 들리는

그 바람 소리가 좋다

산속에서 살아요

아침엔 시끄럽게
나무를 쪼아 대는
딱따구리 소리에 눈을 떠
풀잎에 내린 이슬로
목을 축이는 사슴을 반기고

한가로운 오후엔
따스한 햇살이 언덕을
아랫목처럼 데워 놓으면
일광욕을 하러 뒤뚱거리며
나오는 두더지를 보며
함박웃음 터트리고

저녁이 되면
하루 종일 농익은
붉은 노을을 보며
오늘도 무사히 지낸
감사함에 머리 숙이고

깊은 밤이 되면

어두운 바다색을 띤

하늘에서 북두칠성 찾고선

길 잃은 나그네처럼

좋아하며

하루의 피곤함을 내려놓는

산속에서 살아요

보시기에 좋았더라

나는 가끔 '동물의 세계'나
'동물농장'같이 동물이 주인공인
프로를 즐겨 보는데
개나 고양이는 말할 것도 없고
좀 특이한 동물들을 가만히 보고 있으면
저절로 웃음이 난다

'하나님은 너무 재미있으셔서.
어쩜 저런 동물을 만드셨지?'
라는 생각이 들고
동물 하나하나가 가지고 있는
특성이나 생김새를 보면
웃지 않을 수가 없다

우리가 생각하는 하나님은
거룩하시고 위엄이 있으셔서
웃음과 재미와는
전혀 상관이 없는 분처럼 생각할 수 있지만

유우머와 멋이 있으시니
재미있는 동물을 만드시고
그리도 아름다운 새소리를 만드신 것이겠지

이른 새벽
밤에 내린 이슬이 걷히면서
햇살이 환한 조명 되어
숲속에 쏟아질 때
나무 위에서 재잘대는 새소리는
은 쟁반 위에 구슬 굴러가는
소리보다 더 낭랑하고

새들의 아침 식사가 끝나고
한낮의 태양이 머리 위에서
열을 토해 내면 더위에
지친 새들이
어디에선가 쉬고 있을 때
땅속에서 살던 두더지가
일광욕을 하려고
그 뚱뚱한 몸을 씰룩거리며 올라와
새가 남긴 모이를 부리나케 먹고
언덕 위로 도망가는 것을 보면

어찌나 귀여운지

땅거미가 내리고
그림자와 물체가 하나로 섞여
온 동네를 덮으면
하루 종일 숲속에서 지내던
사슴들이 외출을 시작하는데
가끔씩 지나가는
자동차 불빛에 스치는 검은 코와 눈은
너무 선하게 보여 동정심까지 유발하니

하늘에도, 땅에도, 바다에도
그분이 만들지 않은 것은
하나도 없는데
그 모든 것의 디테일을 보면
너무 신비롭고 때론 입이
다물어지지 않을 정도로 귀여워
웃지 않을 수 없고
감탄하지 않을 수가 없으니

아… 그래서
하나님은 당신이 만드신 것을

보시고 끝날 때마다 그리 좋아하셨나 보다

'보시기에 좋았더라.'

봄을 다시 생각한다

이른 새벽에 눈이 떠져
커튼을 여니
숲은
아직도
깊은 어둠 속에 있어
아무것도 보이지 않는데
투두둑 지붕을 때리는
빗소리가 어찌나 큰지
이 비를 온몸으로 맞고 있을
동물들 생각에 저절로
한숨이 난다

봄은 절대 그냥 오지 않음이
왜 이제야 깨달아지는지

비도 맞아야 하고
칼 같은 바람도 참아 내야 하고
때론

엄동설한에나 옴직한
눈이나 우박까지 맞으며
묵묵히 견디어 내야

그제사
봄은 따스함을 내어 주는 것을

아무리
봄이 겨울보다
더 을씨년스럽다고 투덜대어도
개나리 진달래 벚꽃들은
어김없이 찾아와
꽃샘 추위의 질투를
무색하게 만드니
봄은 감탄을 만들고

바람 부는 언덕 위에
피어난 수선화는
그저 파란 잎줄기 위에
하늘하늘 매달려
금방이라도 칼바람에
무너져 내릴 것 같은데도

그 모진 것들을 다 견뎌 내고

그렇게
곱고 눈이 부시도록
화사한 벚꽃 무리들은
그 짧았던 꽃의 영화를 떠나보내며
겸손히 내년을 기다리겠지

변함도 없이
어김도 없이 찾아오는
봄꽃들 속에서
단순한 꽃이 아닌
아픔을 견디어 낸
성숙함이 보이니

이제서야
그 고통을 인내로 감수한

봄을 다시 생각한다

157

바람

살짝 열어 둔 창문 사이로
바람이 비집고 들어온다
익숙하지 않은
오래전
낯선 땅
헝가리에서 느꼈던
외로운 바람

외지에서 느꼈던
이방인의 외로움이
지금 다시
퍼즐 조각이 되어 산만하게
공중을 맴돌다가
차가운 바람으로 지나간
추억을 데려온다

동행한 여행객들이 많았고
든든한 남편이 옆에 있었건만

나만의 예민함으로
외로움을 느꼈으니
그것은 오롯이 나의
몫이었으리

그 바람은 성난 화부가
부채질을 하듯이
강의 물줄기를 흔들어 대며
물결을 요동시켰고
빛을 받아 번뜩이는
물의 흐름은
섬뜩함까지 느껴졌다

그 부다페스트 언덕에서
바라보던 성나게 굽이치던
다뉴브의 물살과
도도히 서 있는 국회의사당의
한 모서리라도 부술 것 같았던
거친 바람
그리고
주체할 수 없이 머리카락을
흩날리게 했던

쓸쓸하고도 낯설었던
그 바람이
멍하니 창가에 앉아 있는
나에게 다시 찾아와

이 땅에서의 삶은
정처없이 떠도는
나그네와 행인 같은
삶이라 일러 준다

두더지

해가 언덕에 따스히
내려앉으면
살이 오동통 찐
두더지가 나타나 일광욕을 즐긴다

그 어두운 땅속에서
흙을 파 지렁이와
벌레를 잡아먹으며 살다가
해가 유난히 반짝이는 날이면
어김없이 나타나
언덕을 휘저으며
돌아다니는데 어찌나
살이 쪘는지
걸을 때마다 온몸이 흔들리니
웃음이 저절로 난다

땅속에서 사는 짐승이니
징그럽다고 생각할 수 있으나

실제로 가까이서 보면
얼마나 귀여운지
볕이 잘 드는 풀 위에
앞발을 가지런히 모으고
그 위에 턱을 올려놓고
자는 모습을 보면
두더지보다는
강아지란 생각이 들 정도니

어제 내린 비로
언덕 위의 풀들이 모두
물을 머금고 있는데
그 위로 햇살이 비치니
방울방울 투명 구슬이
푸른 잔디를 장식하고 있는 듯
눈이 부시고
그 아름다움에 도취되었는지
두더지는 씰룩씰룩
돌층계를 올라
장미나무 옆을 지나
잔디 위에서 이리저리 구르다가
하얀 천으로 조각조각

붙여 놓은 것 같은
시원한 나무 밑에 자리를
잡고 일광욕을 즐기니
이보다 더한
신선놀음이 또 있을까?

제발
매나 부엉이의 눈에 띄지 않고
안전하고 즐거운 나들이가
되길 바라니

내 눈과 마음은 자꾸
언덕으로만 쏠린다

빈자리

"엄마 피더(feeder)를 여기에 세울까?
엄마가 설거지할 때
새들이 날아와 먹는 모습을 보면 좋잖아."
'딸은 왜 저렇게 나를 귀찮게
하는 것일까!
공중의 새는 하나님이 다 먹이시는데
나까지 먹이를 주라니.'

먹이통을 세우면서 딸은 엄마를 위해서
하는 것이라며 수선을 떤다.
"에고… 숙제 하나가 더 생겼네."
결국 부엌 창문을 통해
정면으로 보이는 곳에 피더가 세워졌다.

딸이 오는 날은 비상
새 모이통을 깨끗이 닦고 먹이를 채워 놓으며
마치 점검을 기다리는 사병처럼 긴장을 한다.

팔 년이나 키우던

고양이 사샤와 코코를 보내고

펫 로스 증후군(Pet Loss Syndrome)같은

빈자리의 고통이 너무 커서

이젠 어떤 동물도 안 키우려고 했는데

"아니 저 다람쥐는 왜 새 먹이를 다 먹는 거야?

새들이 무서워 먹이통 옆으로 못 가잖아!!

저 돼지 다람쥐들을 어떻게 쫓아 버리지?"

피더에 먹이를 채우고 나면

그때부터

다람쥐, 새, 토끼, 칩멍크 심지어 두더지까지

모여들어 한바탕 전쟁을 치르기에

안에서 그 장면을 보고 있던

나와 남편은 안달을 하며

"야 너 다람쥐 저리 못 가?"

"허이 허이 비켜라."

큰 소리로 다람쥐를 쫓는

남편의 목소리엔 비장함까지 느껴진다.

"얘들아 다람쥐 갔어.

빨리 날아와서 먹으렴."

블루 제이, 참새, 따오기, 까마귀, 꾀꼬리,
딱따구리, 빨간 새, 노란 새…
이름도 모르는 예쁜 새들이
어디서 그리 모여드는지

"얘들아
폭풍이 몰아치고 온 세상이 눈으로 덮여도
걱정하지 마.
여기 마미가 있잖아."

사샤와 코코의 빈자리에
그들이 살며시 내려와 앉는다.

나른한 오후에

처서가 지났는데도
한낮에 부는 바람은 후덥지근하여
숨쉬기도 버겁다.
더위를 처리한다고 하여 처서라고 한다는데
더위가 없어지기는커녕 아직도 더운 기운이
온 대지를 지치게 하고 있다.

날씨 탓인지
어느 것도 손에 잡히지 않는 나른한 오후
자꾸 눈꺼풀이 내려가 무기력한 잠을 깨우려고
창문을 여는 순간
두 발을 얌전히 모으고 안을 들여다보고 있는
다람쥐 깨꾸와 마주쳤다.
이 녀석은 창문 뒤 통나무
쌓아 둔 곳을 자주 방문하여
나와 놀다 가기에 이름까지 지어 준 터라
어찌나 반가운지.

"어머나 깨꾸 왔구나."
얼른 땅콩을 들고 뒤뜰로 나가
통나무 위에 올려놓으니
잽싸게 먹이를 물고 가는
깨꾸의 뒤통수에 대고
쉬지 않고 중얼거리는 내용인즉
그동안 왜 안 왔느냐
아기들은 잘 자라고 있느냐
아픈 곳은 없느냐
거처를 또 옮겼느냐
사람에게 문듯이
깨꾸와 대화는 계속되고….

손바닥에 올려놓으면 한 줌도 안 되는
미물이지만 하나님이 만드신 것이기에
귀하게 느껴지고 생명이 있어
무언가 교감이 될 것 같아
이야기를 쏟아 내니 그나마 후련하다.
말에 굶주렸나?

찾아오는 사람도 만날 사람도 없는
쓸쓸한 오후지만

산속에 사는 덕분에

다람쥐와 말이라도 할 수 있으니

그것도 작은 기쁨이 되어

나른한 오후에 활력을 준다.

제발 나이기를

보라색 벚꽃은 만개하여
꽃 터널을 만들고
수백 마리의 벌들은
부지런히 꿀을 나르며
왕성한 생명력을 뽐내네

그 눈부시던 꽃들이
하나둘씩 작은 잎들을 떨구니
흡사 연인을 위한 꽃길 같지만
위를 바라보니
그 눈부시던 꽃들은
누르죽죽한 잎만 매달고
그 아픔에 이미 늙어 버렸네

우두커니 서서
순식간에 가 버린 아름다움을
못내 아쉬워하며
흙으로 돌아갈 인생을 보듯

옷깃을 여미네

그러나

떨어져 밟혀
어디론가 사라져 버려도
봄이 되면
의연하고 아름답게
다시 돌아올 꽃들처럼

한 생명 다한 후
흙이 되어 먼지처럼 흩어져도
마지막 날에
다시 태어나는 생명이
제발 나이기를
떨어진 잎들을 보며
자꾸자꾸 되뇌이네

염치가 없네요

난 주님을 위해 한 것이 없는데

제 기도를 이렇게 빨리 들어주시다니

어떡해요

너무 염치가 없네요!

길을 잃고 헤맬 때

아무리 가도
Glen Rock이란 타운으로 빠지는
엑시트가 나오지 않는다.
이십 분이면 도착할 수 있는 거리인데
사오십 분을 가도 타운 사인이
나타나지 않는 것을 보니
지나쳐 버린 것이 틀림없었다.

이사한 지 며칠 안 되어서
그 길이 익숙하지 않았고
워낙 길눈이 어두워 남편에게 길치라는 말을
자주 듣곤 했는데 지금처럼 셀폰이나 내비가
있었다면 문제가 되지 않았겠지만
그 당시엔 도움을 받을 수 있는 어떤 것도 없었다.
이럴 때 경찰차라도 눈에 띄면
도움을 구할 수 있을 텐데.

뒷자리에선

겨우 네 살 된 딸이 집에 가자며 보채더니
옆으로 쓰러져 불편한 자세로
잠이 들어 버렸고
아들은 학교에서 엄마가 데리러 올 것을
목이 빠져라 기다리다가 친구 엄마의
도움을 받아 집엔 왔겠지만
집으로 들어가는 열쇠도 없는데
어떻게 들어갈지 이런저런 복잡한 생각에
운전하고 있다는 생각을 못할 정도로
마음이 흩어져 있었을 때
눈앞에 불빛이 환한 큰 건물이 보여
그 앞에 차를 세우고
간절히 기도하기 시작했다.

"아버지… 도와주세요.
길을 잃었어요.
이곳이 어디인지도 모르겠고
어두워 아무것도 보이지 않으니
어떡하면 좋아요.
천사를 보내 주셔서
저를 집으로 데려다주세요."

기도를 마치자
누군가 차 문을 두드렸다.
창문을 여니
너무나도 착하게 보이는
중년쯤의 미국인 부부가 무슨 문제가 있냐고
묻는 것이 아닌가.
내 사정을 이야기하니
집까지 가는 길이 복잡하고 설명을 해도
못 찾아갈 테니
자기 차를 따라오라는 것이다.

내 차 앞에서 비상등을 켜고
천천히 가는 차를 따라 한참을 가니
익숙한 풍경들이
눈에 들어오기 시작했다.

그 부부가 병원에서 나오는데 어떤 사람이
차 안에서 간절히 기도하는 것 같은
모습이 보였고 문제가 있는 것 같아
노크를 하였단다.

어두운데 어떻게 차 안이 보였으며

생전 모르는 동양 여인을 위해
그렇게 아픈 몸을 무릅쓰고
전혀 방향이 다른 내 집까지
데려다줄 수 있었는지.

내 인생길
아주 작은 모퉁이에서 일어났던
한순간의 일이었지만….

밖은 어둡고 아이는 울다 지쳐 잠들고
동서남북을 분간하지 못하는 아이처럼
허둥지둥 길을 잃고 헤맬 때
아버지는
나를 인도할 천사를 보내 주셨네!

웬 은혜인지

덜 깬 잠을 채근하며
말씀을 묵상하는데
깨달음이 잠잠히
그러다가
산만 한 파도 위에
은혜를 싣고
가슴으로 밀려온다

나를 지켜 주시겠다고
너의 기도를 듣고 있다고
그리고
내가 너에게 은혜를 베풀었으니
너도 남에게 바라지 말고
그냥 베풀라 하시니

응어리진
꼬부라진
엉클어진 감정들이

잘 빗겨진 머리처럼

단정하게 자리를 잡는다

웬 은혜인지…

염치가 없네요

언니가 큰 수술을 받아 입원해 있고
멀리 떨어져 있는 딸은
배가 아파서 먹은 것을 다 토했단다.
전염병이 온 세상을 휘젓고 다니는데
혹시 바이러스에 감염된 것은 아닌지.

언니의 고통을 생각하니
살이 떨리고 눈물만 흐르는데
딸까지 아프다니
나 보고 어떡하란 말인가!
모두 멀리 떨어져 있어서
내가 해 줄 수 있는 것이 없는데….

벌떡 일어나
피아노를 치며 찬송을 부른다.
"내 모든 시험 무거운 짐을
주 예수 앞에 아뢰이면."
그리고 이사야 53장을 외우기 시작했다.

"그가 찔림은 우리의 죄악을
위함이요…. 그가 상함으로
우리가 나음을 입었고."

이 절박한 상황에 그 짐이 무거워
말씀 앞에 엎어져
그분만 바라보며 간절하게
긴 밤을 보냈다.

나목들 사이를 헤집는 가는 바람 소리와
새들의 수다 소리에 커튼을 여니
잔잔한 바람이 갈대를 간질이고
밝은 햇살은 일찌감치
숲속에 자리를 차지하고 앉아
나보다 먼저 행복한 하루를 시작하고 있었다.

"엄마 나 이제 괜찮아. 체했던 것 같아.
지금 회사 가면서 전화하는 거야.
Thanksgiving에 갈게.
I love you."

감사해요 아버지!

언니와 통화를 했다.

"너무 걱정 마.

잠도 잘 자고 그렇게 아프지도 않아.

금방 나을 거야. 그러니까 너도 울지 마."

그가 상함으로 우리가 나음을 입었고…

그렇게 내 무거운 짐과

언니와 딸의 고통을 돌아보신 주님.

"주님 없으면 안 돼요.

한순간도 못 살아요.

근데 죄송해요.

난 주님을 위해 한 것이 없는데

제 기도를 이렇게 빨리 들어주시다니.

어떡해요!

너무 염치가 없네요!

암송

언제부터인지 삶이 무의미하고
즐거운 것 하나 없이 우울한 생각이
나를 짓누르는 것을 느꼈다.
특히 이른 새벽 잠이 깰 때면
그 정도가 심해져서
왜 내가 살아야 하는지를 생각하며
공허한 늪에 빠져 허우적거리는
느낌마저 들곤 했다.
어떻게 그 새벽에 잠도 덜 깬 상태에서
그런 생각이 드는지 스스로도 의아했지만
외로워지는 나이 탓으로 돌리며
애써 외면하다가
어느 순간 깨달음이 왔다.

이런 어둡고 우울한 마음은
어두움의 세계에서 온다는 생각이
번개처럼 스치며

그분만이 나를 치료할 수 있다는 생각이 들어
게을리 하던 성경을 다시 암송하기 시작했다.

시 1편, 23, 40, 90, 107, 121, 로마서 8장, 히브리서 11장,
요한복음15장, 고전 13장, 이사야 53장 등

한 장 한 장 암송하는 수많은 시간 속에서
나도 모르는 사이에
어두운 생각들이 사라지고
내 영과 마음이 치료되는 것이 느껴졌다.

우울한 마음에 기쁨이
허무한 생각 대신 소망이
슬프고 외로울 땐 위로가
무서워 겁에 질릴 땐 용기를
결정해야 할 상황에선
지혜를 주시는 그 말씀들

암송하고 묵상하며
씹고 또 씹으니

아… 달고 맛있어라
송이 꿀보다 더 다네!

아름다운 동행

산을 넘고 또 넘었다
너무나 가파른 산이었지만
가는 길엔
아름다운 동행이 있어
가끔 손도 잡아 주고
때론
뒤에서 밀어 주며
굽이굽이 험한 산길을
잘도 넘어가다가
내가 도저히 갈 수 없는 길로
접어들었다

길이라고 하기엔
너무도 위험했고
여우가 지나가도 잘못 디디면
수천 길 낭떠러지 밑으로
떨어져 주검도 확인될 수 없는
높은 벼랑 끝에

매달린 길이었다

그 길로 접어드는 순간

그냥 땅바닥에 철퍼덕 주저앉아

오던 길로 되돌아가든지

아니면

이곳에서 죽겠다며

울음을 터트리니

아름다운 동행이 격려하며

가자고 잡아 일으켰지만

도저히 그 높은 절벽에 매달린 길로

지나갈 자신이 없다며

아기처럼 떼를 쓰고 울었다

그러나

혼자 이 깊은 산속에 있다간

짐승에게 어떤 일을 당할지

모른다는 생각에

용기를 내어

겨우 한 걸음 내딛는데

그 좁디좁은 길에 넝쿨에

감긴 담장이 생긴 것이 아닌가!

조금 전엔 분명히 없었고

오직 좁은 절벽 길이었는데…

담쟁이덩굴에 감긴 울타리
아래엔 수천 길 되는
낭떠러지가 있다는 사실도 잊어버리고
아름다운 동행과
노래를 부르기도 하고
이야기도 나누며
꿈같이 그 길을 지나갔다

높은 곳에 올라가면
현기증도 생기고
발이 후들거리며
가슴이 두근거리는
고소공포증이 있는데

내 사랑은
꿈속에서도
나의 두려움을 알고
그 좁은 길에
울타리를 세워 주다니

비록 꿈이었지만
깬 후에도
아름다운 그분과의 동행을
간직하고 싶어서
담장 쳐진 그 귀곡잔도를
한참이나 서성거렸다

오라버니의 눈물

35년이란 세월은 얼마나 긴 시간일까?
백일도 안 된 요람 속의 아들을 데리고
컬럼버스로 갔는데
이제 그 아들이 36세가 되어 가정을 꾸려 살고 있으니
그 긴 세월을 설명하는 데 부족하지 않을 것이다.
오라버니 스스로도 검은 머리가 파뿌리처럼
하얗게 되어 그 긴 세월을 일러 준다.

지난 주일
오라버니는 35년 동안 섬기던 교회의 사역을 끝내며
새로 오신 목사님께 교회 열쇠를 전하면서
눈물을 흘렸다고 한다.
그 말을 듣는 순간
아무 말도 이어 갈 수가 없었고
가슴이 뭉클하여 눈물만 흘렸다.
나도 이런데 하물며 본인은
얼마나 힘들지 가슴이 먹먹하다.
단지 떠나는 섭섭한 마음의 눈물일까?

아닐 것이다.

그 35년의 긴 세월 속에

겹겹이 쌓인 수많은 이야기들을

어찌 말로 다 열거할 수 있을 것인가.

그의 목양은 어미가 자식을 양육하듯

약한 자식 업어 주고

우는 자식 달래 주고

배고픈 자식 먹여 주었으니

그 사랑을 떼어 내는 마음

어찌 눈물을 흘리지 않을 수 있었을까!

유난히 땀을 많이 흘리는

오라버니에게 여름은 더 힘들 터인데

컬럼버스란 곳은 여름이 길고 더워

얼마나 땀을 흘리고 살았을지…

한 번 설교하고 나면 양복이 다 젖을 만큼

온 힘을 다해 말씀을 전하는 정열로

35년의 긴 사역을 끝내는 마음은 얼마나 허전할까!

행여나 다칠세라 넘어질세라

보듬고, 타이르며

때론 훈계하며 지금까지 왔는데

그 지내 온 세월을 뒤로하려니

생 손가락 자르는 것 같은 아픔이 있겠지.

그러나
오라버니가 한 마침표를 찍는다.
글에는 문장마다 마침표가 있기에
다음 문장으로 넘어갈 수 있으며
음악에는 쉼표가 있기에
숨을 고르고 다음 마디를 부를 수가 있는 것처럼
오라버니의 마침표는
아주 끝나는 마침표가 아니라
다음 사역으로 넘어가는
쉼표와 같은 마침표이다.

마침표를 찍으며 돌아본 그의 사역은
눈물과 수고와 헌신
그리고 한결같은 충성이었으니
어느 누가 부인할 수 있을 것인가!
그러기에
그의 눈물을 보는 이는 같이 울 수 있고
같이 아파하고 아쉬워하며
그를 그리워할 수 있는 것이다.
바울과 성도들이 이별할 때

크게 울며 헤어지는 아픔을 가졌던
그 모습이 오버랩되는 순간이다.

이제
그 마침표 옆에 생뚱맞게 그러나 없어서는
안 될 따옴표가 나온다.
"아들아… 울지 말아라.
내가 네 수고와 충성을 기억하고 있단다."

눈물을 흘린다 1

"다슬이 엄마…
돌발성 난청이 발생하면
이것도 심장과 같이
골든 타임이 있어서
이 주 안에 못 고치면
다시 듣는 섯은 불가능하다고
하는데…. 어떡하지?
한국은 무조건 이 주 동안
입원시켜 집중 치료를 한다는데
늦었지만 이제라도 한국으로 갈까?

가슴을 여는 대수술을 해도
며칠 안에 퇴원시키는
미국의 의료 시스템으로
귀가 안 들린다고 입원시켜
주지는 않을 것이고
시간은 자꾸 흘러가는데
어떡하지?

벌써 한 달이 다가오고

모든 치료가 끝났는데도 들릴 기미는 없고…."

남편의 얼굴은 날마다 흙빛이다.

"괜찮아요.

다행히 한쪽 귀는 들리니까

좀 불편해서 그렇지 사는 데

큰 지장은 없잖아요.

근데…

사방이 막힌 것 같이 답답하고

방향 감각도 없어져서

힘이 드네."

혼잣말처럼 중얼거린다.

지금은 계절이 어디만큼 와 있는 것일까?

여름의 시작인가

아니면

봄에 그저 머물러 있는 것일까?

심한 충격으로 청력을 상실한

귀는 소리와 방향만이 아니라

계절까지 헝클어 놓고.

며칠 동안 내리는 비 때문인지

시도 때도 없이 눈물을 흘린다.

아픈 이들이 보이네 2

"아직도 안 들리세요?" "네."

"약은 열심히 먹고 있지요?" "네."

"다른 증상은 없나요?"

"약을 먹으면 식은땀이 나고

어지럽고 기운이 없고 좀 후들거려요!"

"흠….

그럼 오늘 인젝션하지요."

"아픈가요?" "네."

"어쩌면 고막에 구멍이 날 수도 있어요.

그러면 정말 안 들리지만

구멍이 날 확률은 십 프로입니다.

그리고 마취는 하니까

참을 만해요."

"아… 다음에 하고 싶어요."

"내가 당신이라면 난 할 텐데요.

전혀 안 들리는데

해 봐야지 후회를 안 하지요."

"그럼 할게요."

의사의 말을
순한 양처럼 따른다.

그렇게 시작을 해서
한 시간 삼십 분 동안
내 귀의 깊은 곳으로
바늘이 치료를 하러 떠났다.
매몰된 광부를 구하러 들어가는
구조대처럼.

남편이 퇴근해서 들어오는데
차고 문으로 안 들어오고
다른 문으로 들어오네
'문이 고장 났나?'
일어나 보니 차고 문이다.
오른쪽 귀만 들리니
모든 소리와 방향은 오른쪽으로 귀결된다.

학창시절 청력 검사에서
"땡 하면 소리 나는 쪽의 손을 드세요."
왜 그랬는지 이제야 알겠다.
그땐 속으로 웃었는데

이런 것도 검사라고…

귀에 손을 얹고 기도한다.
"아버지 내 귀를 열어 주세요.
그런데 내 귀만 말고
아픈 모든 사람들도 돌아보아 주세요!"
아픈 이들의 깊은 고통이
내 맘으로 훅 들어오면서
그들의 깊은 울음이
내 한쪽 귀를 때린다.
얼마나 힘들었을까!
그 고통의 무게를 견디느라.

왜 이제서야
아픈 이들의 고통이 보이는지.

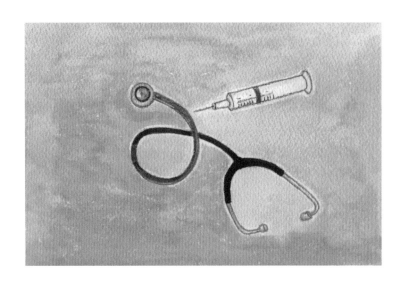

바디메오와 나 그리고 예수님 3

오늘따라 거리가 어수선하다.
보이지는 않지만
사람들의 움직임이 빠르게 느껴지고
수많은 사람들의 떠드는 소리와 외침이
흙먼지 냄새와 함께 바디메오를 긴장시킨다.
"아… 예수님이시다!
많은 병자를 고치시고
죽은 자도 살리셨다는 예수!
그분이라면
나를 보게 하실 수 있는데
이곳을 지나가시는구나.
그분에게 어떻게 다가가지?
소리를 지르자!"

"다윗의 자손 예수여!"

사람들이 조용히 하라고 야단을 치지만
"예수여!"

더 크게 소리를 지르자
예수님이 수많은 무리 속에서
그 소리를 들으시고 멈추어
서시니 바디메오는
걸쳤던 겉옷을 던져 버리고
예수님을 향해 달려가고…

나도 바디메오의 뒤를 따라 같이 달린다.

긍휼의 눈빛으로 바디메오를 보시며
"무엇을 원하느냐?"
"보기를 원합니다."

그 사랑의 눈빛이
나를 향하시니 서슴지 않고
"저는 듣기를 원해요."

"네 믿음대로 되리라!"

바디메오 설교를 듣고 집으로 돌아왔다.

"하이 엄마!

오늘은 기분이 어때?
귀는?"
해니의 명랑한 소리가 전화를 타고
귓속에서 방울처럼 딸랑거린다.
"엄마?"
습관적으로 팔을 바꾸어
전화기를 왼쪽 귀에 대는데
"어?
안 들리는 귀인데!
"엄마?"
"들리네!"

딸아이의 소프라노 소리가
고막을 진동시키며
떼굴떼굴 굴러 들어온다.

"아… 주님
가던 길을 멈추시고
기다리시더니…
저를 보셨군요.

바디메오 뒤를 따라가던
저를 진짜 보셨군요!"

나는 부활이요 생명이니

한국에 가면
늘 먼저 찾아가는 곳이 시부모님 산소이다.
일률적으로 똑같이 생긴 묘지인지라
그분들이 잠들어 계신 곳도
낯설지 않고 고향 집을 찾아가는 길처럼
익숙하기까지 하다.

저희들이 왔노라고 인사를 드리고
묘비에 새겨진 글을 또박또박 읽어 본다.

'나는 부활이요 생명이니.'
내가 묘비에 새기자고 제안한 말씀이었지만
그때에는 느끼지 못했던 다시 산다는
부활에 대한 확신이 마음에 도장처럼
찍히고 그 소망이 환한 빛살 되어 마음을 비춘다.

"나는 부활이요 생명이니
생명의 본체인 예수님을 믿기에

죽어도 다시 살겠구나!
이 삶이 끝이 아니니 얼마나 다행인가!"

이런저런
죽음과 부활에 대한 생각을 하는 사이
시부모님 묘지 근처
친정 부모님의 뼈를 뿌린 산에 도착했다.
살아생전에 늘 유언처럼 화장을 원하시던
친정 부모님은 뼈를 유골함에 넣지 말고
당신들이 좋아하시는 산으로 가서
훌훌 날려
새처럼, 나비처럼
온 세상으로
자유롭게 떠돌아다니게 해 달라고 부탁하셨다.

찬바람이 바짝 마른 잎들을 건드리며
사라져 가는 생명들을 조롱이라도 하듯
거칠게 지나가는 가을 산의 끝자락 위로
노란 나비들이 환영을 하듯 우리의 주위를 맴돈다.
이 을씨년스러운 가을날에 노란 나비들이라니.
엄마도 저렇게 자유롭게 날고 싶다고 하셨는데.
엄마…

마음 깊은 곳에 그리움으로 자리한
그 이름을 부르면 눈물이 날 것 같아
침을 한 번 삼키고선
먼 하늘로 눈길을 보내며 애써 발걸음을 돌렸다.

부활의 약속이 없었다면
부모와 자식 간의 짧았던
이 생에서의 만남이 얼마나 더 아쉬웠을지.

남산의 호텔에서 내려다본
오늘 아침의 서울은 회색이다.
날씨도 흐린데다 뿌연 황사 같은 것이
서울의 상공을 덮고 있어 건물까지도
모두 그레이로 덧칠을 한 것처럼
우울하게 서 있고
날씨만큼이나 마음도 회색인 아침이지만
어제
마음에 빛을 준 부활의 소망을 새김질하는 사이
잿빛 구름 틈으로
얼굴을 내민 해가 환하게 방을 비추며
환하게 다시 일러 준다.

나는 부활이요 생명이니…

쉰들러 리스트

나치들은
유대인을 한 명이라도 더 죽이려고 혈안이 되었고
독일인 사업가 오스카 쉰들러는
자기 돈을 써서 한 명의 유대인이라도 더 살리려고
필사의 노력을 하는데 돈이 되는 것은
어떤 것도 개의치 않고 팔아서 유대인의
목숨을 구하는 데 쓴다.

스티븐 스필버그가 감독했던 영화
〈쉰들러 리스트〉에 나오는 이야기지만
이 사람은 실제로 존재한 인물로
유대인들은 그를 위대한 영웅으로 존경하며 기린다.

"예수를 왜 믿는가?"라고 묻는다면
한마디로 무엇이라 말할 수 있을까?
많은 대답들이 나올 것이지만
'나는 영원한 하늘나라가 있기 때문에 믿는다.'
만약에 천국과 지옥이 없고

이 세상에서의 삶만이 전부라면
예수님이 십자가에서 그 고통을 겪으시며
우리를 구원할 필요도 없을 것이다.

예수님을 전하는 일과 쉰들러 리스트가
자연스럽게 연결되는 것은
둘 다 생명을 구하는 공통점이 있기 때문이리라.

예수님께서 지옥에 대해 구체적인 표현을
하신 것 중에
지옥은 구더기도 죽지 않고
불이 영원히 꺼지지 않는다고 하셨는데
내가 사랑하는 사람들이 또 이웃이
그런 곳에 간다면 발을 동동 구르며
어떻게든 구하려고 필사의 노력을 해야 할 텐데.

"내가 이 금핀을 팔았다면 두 명은
더 살릴 수 있었을 거야…"라고 절규한 쉰들러처럼
나도 영원히 꺼지지 않는 유황불 속에 갈 사람을
하나라도 더 구하지 못하는 것에
마음이 아프고 안타까워해야 하는데
난 너무 아무렇지도 않으니

이건 영혼의 문둥병 수준이 아닐런지.

지금 이 순간에도
복음 한 번 듣지 못하고
너무 많은 사람들이 세상을 떠나며
지옥으로 향하는 열차에 올라타고 있는데
이리 무심하게 있다니!

쉰들러는
나치의 손에서 구한 천백 명의 리스트를 가지고
있었는데 과연 내가 가지고 있는
생명의 리스트엔
몇 명의 이름이 적혀 있을까?

그 피를 우리와 우리 자손에게 돌리소서

성경을 묵상할 때
가장 긴장되고 힘드는 순간이
예수님이 심문을 받으시고
결국 십자가에 달리시는 것을 읽을 때인데
예수님을 믿은 지 오십 년이 넘었건만
고난의 부분을 읽으면 늘 고통스럽다.

큰 못이 그분의 손바닥에 박히는 장면이 연상되면
난 허리를 펼 수가 없어 몸을 웅크리며
신음 소리를 낸다.

오늘 아침에도
빌라도 앞에 선 예수님을 만났다.
입을 다무시고 너무 순한 양처럼 잠잠히 계시니
빌라도가 군중에게 묻는다
"예수를 놓아줄까. 바라바를 놓아줄까?"
"바라바, 바라바."
무자비하게 소리치는 군중들의 요구대로

바라바는 풀어 주고

예수님은 십자가를 질 죄인이 되고

나는 이 일에 상관이 없다며

빌라도는 손을 씻으니

"이 피를 우리와 우리 자손에게 돌리라."며

더욱 소리 지른다.

그들이 내뱉은 말이 씨 되어 그 자손들이 받을

환난과 고통을 상상이나 했겠는가!

홀로코스트!

제2차 세계대전 때 유대인 학살을 일컫는 말이다.

유럽에 있는 유대인들은

나치에 의해 600만 명이나 학살되었는데

그 당시에 유럽에 사는 유대인들이 900만 명이라고 하니

유대인의 삼분의 이가 학살된 것이다.

히틀러가 유대인을 싫어해서

이 시기에만 유대인을 학살한 것이 아니라

더 오래전으로 거슬러 올라가면

200년 동안 벌어졌던 십자군 전쟁 때에도

유대인에 대한 핍박과 사살이 있었다고 하는데
실로 역사 속에서
유대인들이 받은 고난과 역경은
어느 민족과도 비교되지 않을 것이다.

그 배경에는
많은 이유들이 존재했겠지만
예수님을 십자가에 못 박고
"그 피를 우리와 우리 자손에게 돌리라."며 소리치던
그 무지한 조상들과
무관하지 않을 것이란 생각이 짙게 드는 아침이다.

꼴통

세월의 흔적이 묻어나는 것들을 좋아하며

생각들도 너무 앞서는 것보다

오래된 것들의 가치를 간직하고 지키려는

나를 남편이 꼴통이라고 놀리면…

내려놓음

검은 치마에 흰 저고리를
입은 아낙네가
아기를 등에 업고
물 항아리를 이고
언덕을 오른다

아기 목은 뒤로 젖혀져
떨어질 것 같고
걸을 때마다 출렁이는 항아리의 물은
아기의 얼굴에 빗물처럼 흐르지만
아낙네는 너무 지쳐 있어
아기의 울음까지
챙길 수가 없나 보다

항아리의 물이 반이나 남았을까!
초라한 대문을 열고 들어간 아낙네는
큰 독에 물을 붓고는
물에 젖은 아기를 높은 마루에

던지듯이 내려놓곤
깊은 숨을 몰아쉬며
부엌으로 들어가
찬물에 말은 보리밥과
아침에 먹다 두고 간
오이지를 맨손으로 집어
허기진 배를 채우는데…

울다 지친 아기는
엄마를 포기한 채
그저 손가락만 빨고 있으니
아낙네는 마루에 내려놓은
아기에게 얼른 젖을 물린다

주린 배를 겨우겨우 채워 가며
젖을 먹인 그 사랑으로
자라던 아기는
대청마루에 툭 던져 놓았던
내려놓음은
엄마의 또 다른 사랑이었음을
어렴풋이 깨달은 듯

이젠
울지도 보채지도 않고
해바라기처럼 하염없이
엄마를 향해 얼굴을
돌릴 뿐이다

꼴통

어릴 때는
학년이 올라가 새 친구 만나는 것을
설레이며 기다렸는데
나이가 들수록 새 만남이 두려워지는데
설사 그것이 사랑이란 이름으로
찾아와도 마찬가지다.
교회에서도 식당에 들어가면
친한 얼굴부터 찾는 자신이
가끔은 철 안 든 어린애 같다는
생각이 들면서도 여전히 사귐이 있는
오래된 친구를 찾아 두리번거린다.

뉴저지의 겨울은
눈이 많이 오고 길기 때문에
털 구두를 즐겨 신는데
새것을 사도 한두 번 신고 나면
금세 불편을 느껴 결국 편하게 신던
오래된 부츠를 다시 꺼낸다.

낡기도 하고 유행도 지났지만
내 발을 기억해 주고 편하게 감싸 주는
옛날 구두가 좋아서인데
어디 구두뿐이겠는가.
향수도 수십 년 전에 쓰던
돌체 앤 가바나를 바꾸지 않고 쓰기에
아이들은 그 향만 스쳐도 엄마 냄새라며
반색을 한다.

항아리에서 사계절의
풍상을 겪은 푹 익은 된장처럼
그리고
손때가 묻어 반질반질한
오래된 나무 가구처럼
세월의 흔적이 묻어나는 것들을 좋아하며
생각들도 너무 앞서는 것보다
오래된 것들의 가치를 간직하고 지키려는 나를
남편이 꼴통이라고 놀리면
"맞아요. 그 오래전 이천 년 전에 오신 예수님을
한결같이 믿고 따르는 것을 보면 난 분명
꼴통 중에 꼴통이에요!"라며
응수를 한다.

행복이야

눈이 많이 온다고 하니
바쁜 일을 끝내고
부지런히 들어오겠다며
남편은 서둘러 나가고
일찍 들어올 그를 위해
마파두부를 만드네

둘이 한 그릇씩 뚝딱 비우고
매운맛을 덜기 위해
식빵 하나를 굽고
블러 마운틴 커피를 내리니
온 집 안에 캐러멜 향이
여인네의 실크 옷자락처럼
살포시 내려앉고
바삭한 토스트를 한입
깨무는 순간 고소한 맛에
감사가 눈처럼 날리네

시선을 가릴 정도로
눈보라가 휘몰아치지만
벽난로에선 타다닥 소리를 내며
장작을 태우고
비발디의 첼로 콘체르토는
눈발과 리듬을 맞추니

온 세상이
눈에 갇힐 것 같아도
모든 걱정 그분께 맡기고
커피 잔을 입가에 대니
캐러멜 향은 감탄을 부르네

아… 행복이야!

블론드 헤어

염색을 안 한지 몇 달이 지났지만
코로나 때문에 외출을 못 하니 그다지
마음 쓸 필요가 없는데도 자꾸 남편의 눈치가 보여
모자도 써 보고 헤어밴드로 흰머리를 가려도 보지만
흰머리는 자기 존재 드러내기에 어찌나 바쁜지
흰색과 검은색의 구분은 남북의 경계선처럼
분명하게 나타났다.
마치 가슴은 하얗고 등은 까만 펭귄과도 같아 보여
그냥 염색을 해 버리고 싶은 충동도 생겼지만
결단을 내려
검은 머리색을 연하게 빼는 작업에 들어갔는데
경계선의 구분을 없애고 염색도 안 하고 싶었기
때문이었다.

펭귄 같았던 머리색은 미용사의 현란한
손놀림으로 검은색은 노란색으로 변하여
흰머리와 이리저리 잘도 섞였다.
아니… 그런데

블론드 헤어가 되었잖아!
아이돌 연예인들이나 하는 머리색이 되다니
전혀 예상하지 못한 색이 탄생한 것이다.
회색이 될 줄 알았는데.

내가 나를 보아도 너무 낯설어
너는 누구냐 묻기도 하고
너무나 달라진 머리를 보고 화들짝 놀란 남편에게
전후 사정 이야기를 늘어놓았지만
실상은
여러 사람들에게 들을 인사와 시선을 이겨 내고
어떻게 이 컬러를 유지할 수 있을지
그 고민이 더 컸다.
그러나
이미 돌이킬 수 없는 상황이 되었기에
마음을 다잡으며 혼자 웅얼거린다.

"시간이 필요하겠지.
시간으로 치료되지 않는 상처가 어디 있으며
시간으로 잊히지 않는 기억이 어디 있으랴.
그러니
이전의 나의 검은 머리는 잊히고

블론드 헤어는 자연스럽게 보이겠지.

눈은

보이는 것에 익숙해지는 법이니까."

심플하고 작게

새는 과식하지 않고
소식을 하여 자기 몸을
날아가기에 최적화한다는데
미련한 나는 새만도 못하게
욕심스럽게 먹었더니
아침엔 체기까지 느껴져
물 마시는 것도 버거웠다

여행 중
호텔에서 먹는 뷔페 식사는
나도 모르게 과식을 하게 한다
아무리 접시에 적게 덜어 와도
그 맛난 음식들을 외면하기 어려워
한두 번 더 다녀오다 보면
어느새
배를 가득 채우게 되니

갈수록 혼자 사는 사람들이

늘어나 사는 집도 작아지고
물건도 꼭 필요한 것만
가지고 사는 미니멀리즘이
유행을 하는데
나도 당분간 먹는 것을
최소한으로 줄여야겠다

아침엔
대추 끓인 차 한 잔과
작은 꿀 사과 하나면 족하겠고
점심엔
한 공기의 밥과
햇살을 가득 머금고 태어난
고추에 버무린 김치 몇 조각
그리고
오래 숙성된 된장으로
끓인 배춧국 한 그릇이면
차고 넘치리라

저녁엔
야채 듬뿍 넣어 쑨
죽 한 그릇이면

뼛속까지 비우며 날아가는
새에게 미안하지 않겠지

먹는 것을
욕심내지 않으면
내 몸이 건강해지고
꼭 필요한 것만 가지고 살면
작은 공간도 넓어져
더 자유로울 텐데

비우고 버리는
심플하고 작게는
세상 속
수도자의 자세일지도

냉장고와 음식

냉장고를 여니
학생들이 이름표를 달고 줄을 선 것처럼
컨테이너들이 이름을 달고 아래 위로
가지런히 포개져 있다.

김치, 깻잎, 멸치 볶음…
얼마 전까지만 해도 그릇을 보면
무엇이 담겨 있는지 알 수 있었는데
이젠 기억력이 감퇴하는지
음식을 냉장고에 넣고 돌아서면 잊어버려
일일이 열어 봐야 확인이 되니
궁여지책으로 컨테이너에 종이 테이프를 붙이고
음식 이름을 적어 놓는 것이다.

아무리 음식 이름표를 훑어보아도
저녁 반찬으로 먹을 것이 마땅치 않아
남편이 퇴근하기 전에 마트에 가려고
차에 시동을 거는데

냉동실에 있는 찬거리를 살펴보자는 생각이 들어
다시 집으로 들어가 냉동실을 열어 보니
소고기와 연어 그리고 미역 불려 놓은 것들이
자기 차례를 기다리며 대기하고 있는 것 같았다.

재빠르게
소고기를 그라인더에 갈아
두부와 야채를 넣어 동그랑땡을 만들고
미역은 찬물에서 해동을 시켜 참기름에 볶아 끓였더니
고기가 안 들어가도 구수한 냄새는 코를 자극하고
순식간에 잔치를 해도 될 정도로
저녁상이 푸짐하게 차려지니 탑 셰프가 된 듯
우쭐하다.

사실
주부들은 끼니때가 되면 무엇을 만들어야 할지
고민을 하게 되는데
그것은 식구가 많든 적든 상관없이 드는 생각이리라.
아이들이 대학에 들어간 후 남편과 둘이 산 세월이
오래되어 반찬 걱정에서 벗어날 만한데도
늘 찬거리를 생각한다.

자판기에서 커피 빼듯이
음식을 즉석으로 만들 수 있는 것도 아니고
시간과 정성이 들어가야
제대로 된 음식이 나오기에
건강을 생각해야 하는 요즈음은
키친에 있는 시간이 자꾸 늘어만 간다.

그러기에
오늘은 무슨 큰일을 한 것처럼 뿌듯하다.
마트에 가지 않고도 냉동실에 얼어 있던
음식 재료들을 십분 활용해
나름 멋진 저녁상을 차렸으니
이 모든 것은 냉장고가 있었기에 가능한 일이었지만
그 언젠가는
알라딘의 요술램프처럼
로봇에게 음식 주문만 하면 무엇이든 척척 나오는
그런 세상이 오지 않을까?

꽁무니 지우개

노랑 연필 끝에 달린
보잘것없는
빨간 지우개
몇 번 지우고 나면
닳아져서 없어질 터인데
자기 몸 안 돌보고
연필이 잘못 쓰면
싹싹 지워 주네

파랑 연필 끝에 매달린
하얀 지우개
흔들흔들 겨우 지탱하는
가녀린 몸이지만
연필이 실수하면
흔적도 없이 지우고
자기 몸을 흩어 버리네

지우개는

꼭 예수님 같아라!
그 높으신 분이
볼품없는 몸을 입고 오셔서
내 잘못을 깨끗이 지워 주시니

아… 나도
실수와 잘못을 꼭꼭
눌러쓰는 연필이 아니라
잘못을 바로 지우며
자기를 소리 없이 허무는
그런 꽁무니 지우개로
살고 싶어라.

그분처럼…

허그하기

퇴근하고 들어오는 남편에게 다짜고짜
이제부터 우리 만나면 허그하고 입 맞추며
서로의 사랑을 표현하자고 제안을 하니
이 생뚱맞은 소리는 뭐지?
어색하게 웃는 남편을 향해
"우린 너무나 사랑 표현을 안 하고 살았어요.
살날도 길지 않은데 우리 열심히 표현하며 살아요." 하니
남편도 동의한다며 겸연쩍은 미소를 짓는다.

다음 날
출근하는 남편을 마주 세워 놓고 허그하자며
팔을 벌리니 남편의 따스한 숨결이 느껴진다.
마누라에게선 반찬 냄새가 나겠지만
그래도 괜찮아.
서로를 안아 주는 마음에 사랑이 퍼지니.

오래전에 죠지아에서 놀러 온 조카가
"고모는 사람들 앞에서도 고모부와 허그하고

뽀뽀하세요?"

"그래… 한다!"

사실이 아니었다.

어떻게 사람들 앞에서…

서로 사랑해서 결혼했지만

사랑을 표현하는 것엔 너무나 인색했던 것은 아닌지.

이 짧은 세월 살 동안 누군가는 먼저 떠날 텐데

'더 사랑하며 살걸.' 하고 후회하기 전에

열심히 사랑을 표현하련다.

아이들 앞에서 허그하고 입을 맞추면 어떠리

설사 다른 사람이 있다 한들 무엇이 책잡힐 일이겠는가.

불륜도 아니고 정상적인 부부가 서로를 사랑하는

표현일 뿐인데.

미국 사람들 앞에서 이런 이야기를 한다면

너무 생소한 외계인의 이야기가 될 것 같다.

그들에게 부부의 이런 표현은 숨 쉬는 것과 같이

너무 자연스러운 일이기 때문이다.

허그하는 것은

어쩌면

나비의 가볍고 작은
날갯짓 같은 것이 아닐런지.
그 몸짓 하나 덕분에
내가 행복하고
남편이 행복하고
우리가 행복하니

그 결과는 가히 나비효과라고 해도
지나치지 않을 것 같다.

슬픈 것들

산으로 이어진 뒤뜰의
새로 심은 잔디 위에
이름 모를 잡초가
우후죽순처럼 올라와
그 잡초를 뽑으려다
바위틈을 뚫고 올라온
작고 예쁜 보라색 꽃들이
실수로 뽑혀 풀과 같이
쓰레기 더미에
버려진 것을 보며
왠지 모를 슬픔을 느낀다

보라색 벚꽃이
지난 밤 내린 비로
꽃잎을 다 떨구어
나무 아래 수북 쌓여 있고
그 떨어진 잎들조차도
황홀감을 주니

야속하게도 일찍 가 버린
그 아름다움이 슬프고

해가 뚝 떨어지고
짙은 그림자가 산을 덮는데
아직도 둥지에 들지 못한
이름 모를 새소리가 슬프다

블라인드 사이로 살짝 디민
햇살에 친구 얼굴의 주름이
드러나고 얼마 전보다
세월의 흔적이 스치는데도
젊어지는 타령을 하니
그 불편한 넋두리를
듣는 것도 슬프고

얼마나 입었던 옷일까?
스산한 바람이 등을 스치면
저절로 손이 갔던 누빈 조끼가
결국 한쪽 자락이 찢겨져 나가
쓰레기통에 버리고 나니
늙어 흙으로 돌아가는

인생을 보는 것 같아 슬프고

엄마의 모습이 안 보이면
입술이 파래지면서
울었던 딸이 이젠 성인이 되어
짐을 싣고 자기가 사는 곳으로
담담하게 떠나는 모습을
보는 것이 슬프다

살면서 슬픈 것들이
어디 한둘이겠냐만은

언제 만날지 모르는
자식을 그냥 보내지 못하고
차 유리창을 사이에 두고
손이라도 마주 대 보는
늙으신 엄마의 모습이
실루엣 되어

세월이 흘러도 슬프다

감기

미국 사람들은 감기에 걸리면
치킨누들 수프를 먹지만
한국 사람들은 콩나물국을 마신다.
거기에 고춧가루까지 풀어
한 그릇 먹고 나면 땀이 흐르고 열도 내려
몸이 개운해지는 것을
느낄 수 있는데 사다 놓은
콩나물이 없어 냉동실을
기웃거리니 일전에 이웃사촌이 갖다 준
설렁탕이 하얗게 얼어 있어 어찌나 반가운지
얼른 뚝배기에 넣어 끓였더니
하얀 거품을 내며 구수한 냄새가 퍼진다.
파를 숭숭 썰어 넣고 소금을 술술 뿌려
한입 맛보았더니 어찌나 입에 달던지!

설렁탕을 보통 쓰는 국그릇에 담았다면
그리 먹음직스럽게 보이지 않았을 것 같다.
어쩌면 토기장이의 손에서 투박하게 잘못 빚어져

망치에 맞아 버려졌을지도 모르는
볼품없는 뚝배기에 담긴 국은
왜 그리 맛있어 보이는지!
거기에 숟가락으로 드드득 긁는 소리까지 내면
내 입은
파블로프의 실험 개가 되어 버리니 원!

거두절미하고
이 뜨거운 국물로 지독한 감기를
다스릴 수 있어서 얼마나 감사한지!

오늘은 뚝배기에 설렁탕을 먹었지만
내일은 콩나물국에
고춧가루 듬뿍 넣어 먹으면
이 감기는 혼쭐이 빠지도록 달아날 것이다.

좋은 점 찾기

청년 시절 다니던 교회에
S 전도사란 분이 계셨는데
수십 년이 지났어도
그분을 기억하는 것은
그분의 특별하고도 기분 좋은 말솜씨 때문이다.

살면서 자기의 장단점을
분명히 알고 사는 사람이 얼마나 될까?
그런데
S 전도사는 나도 모르는 나의 장점을 연구라도
한 것처럼 말을 해
내 마음을 한껏 부풀게 하곤 했다.
물론 그 말을 다 믿지는 않았지만
일단 듣고 나면 기분이 좋았는데
나에게만 그러는 줄 알고 가만히 보니
교회 안에 있는 모든 학생들에게
그렇게 하는 것이 아닌가!
그래서인지

그 전도사님 주위엔 늘 사람들이 모여 있었다.

아무리
그 사람을 위해서 하는 말이라도
단점만을 꼬집어 이야기하는 사람보다는
부족하지만 좋은 점을 찾아내 격려해 주는 사람을
가까이하고 싶은 것이 인지상정인 것 같아
나도
상대방의 좋은 점을 찾다 보니
내가 행복해지고
단점을 보려는 눈의 비늘을 벗겨 내니
돌이라고 생각했던 이웃들이
나도 모르는 사이 보석으로 변해
내 주위에서 반짝이며 빛나고 있었다.

나머지 아홉은 어디에

너무 오래전의 일이다.
나도 동생도 모두
이십 대 때이니.

동생이 엠티에 갔다가
독충에 물려 온몸에 진물이
나서 가려울 뿐 아니라
진물이 옷에 달라붙어 벗을 수도
그렇다고 입을 수도 없는 딱한 형편이 되었다.

어느 병원을 가도 낫지를 않아 걱정을 하던 중에
아는 분이 한센병 마을을 소개해 주어
그곳의 의사가 조제해 준 약을 먹은 후에야
그 끔찍한 피부병에서 놓임을 받을 수 있었다.

동생과 한센병 마을을 찾았을 때
사람들은 우리와 눈을 안 맞추려
머리를 숙이고 총총걸음으로 지나갔는데

스치며 보인 그 일그러진 얼굴은
아직도 인화된 사진 보듯 또렷하다.
예수님 시대에도
사람들과 더불어 살 수 없었던 문둥병자
열 명이 주님께 고침을 받았지만
오직 한 명만 주님께 나아가 감사를 드리니

"나머지 아홉은 어디 있느냐?"

물으셨다.

성탄절과 연말연시가 되면
선물을 하는 일이 많은데
감사를 하는 사람은
그리 많지 않은 것을 보면
주님의 물음이 생각난다.

"나머지 아홉은 어디 있느냐?"

커피 한 잔을 대접해도
배려와 따스한 마음이 없다면
손이 나갈 수가 없을 텐데…

감사를 모르는 무심한 마음을 보면
슬프기까지 하다.

한기

겨울이라도
내복을 모르고 살았다.
얇은 블라우스에 코트 하나 걸치고 나가도
춥지 않아 영하의 날씨에도
가벼운 차림으로 살았는데
이젠 히터가 잘 돌아가는
집 안에서조차 히트텍 속옷을 입고
목이 서늘해 목도리에 가끔
털 베스트까지 겹쳐 입는 자신을 본다.

다윗이 나이 들어
두꺼운 이불 속에 있어도 한기를 느끼니
신하들이 젊고 아름답고 몸이 따뜻한 처녀를
이불 속에 넣어 다윗에게 온기를 주었다는
이야기가 성경에 나온다.

사울은 천천이요
다윗은 만만이라

누구도 이길 수 없는 용맹함으로 적은 무찔러도
나이가 드니 한기는 이기지 못했던 것이리라.

나도 감기보다는
한기일지도 모른단 생각을 하며
햇살이 따스히 내려앉은 창가의
벤치에 걸터앉아
애꿎은 의자만 문지르며
이런저런 상념에 쓸려 간다.

이 세상에서 영원하고
지속적인 것이 어디 있을까?

혈기왕성해 영하의 날에도
얇은 옷 입고 추운 줄 모르는 젊음도
화장 하나 안 해도 빛이 나는
청초한 아름다움도
세상에서 누리는 부귀영화도
아침 이슬처럼
순식간에 사라지는 것이
짧고 연약한 인생인 것을.

영원한 것은 오직

그분

한 분이시지.

내가 작아지고

그분이 커지는 아침이다.

옹심이

이웃에 사는 분이 감자를 많이 샀으니
나누어 먹자며 주먹만 한 것들을
한 소쿠리 가져왔길래
이 많은 것을 어떻게 다 먹을지
잠깐 고민을 하는데
내 생각을 아는 것처럼
"옹심이 해서 드세요." 한다.

어릴 적
엄마가 팥죽을 끓이실 때
동그란 떡을 넣어 맛나게
먹었던 새알 옹심이 생각이 나서
감자를 갈아 물을 내려 꽉 짠 후에
녹말가루를 조금 섞어
자그마하게 새알을 빚어
마침 감기 때문에 준비해 놓았던
콩나물국에 넣어 끓여 먹었더니
얼마나 쫄깃쫄깃하던지

침샘에서는 침이 퐁퐁 솟고
이마에선 땀이 송글송글 맺힌다.

감자 하나로
전혀 다른 모양의 음식을 만들어 내다니
내가 만들어 놓고도 신기하기만 하다.

이 옹심이는
옛날 쌀이 부족했던 시절
끼니로 때웠다고 하는데
이젠 세월이 바뀌어 특별식이 되었으니
이 소박한 음식을 먹으면서도
여러 생각이 든다.

이 세상에서
영원히 귀하기만 하고
영원히 천하기만 한 것이 어디 있겠는가!

살면 살수록 느껴지는 변함이 없는 영원함은
오직 한 분 하나님이심이
머리가 아닌 마음으로 느껴지는 것을 보니

내가 산 세월이

적지 않은 듯하다.

그게 행복이지

침대에 누워 발을 쭈욱 뻗으니
면 시트가 부드럽고 따스하게
온몸을 감싸 주니
어찌나 감사하고 행복한지

이런 좋은 기분에
남편에게 툭 말을 건넨다
"우리 내일 아침에
무엇을 먹을까요.
빵과 커피로 할까
아님 프렌치 어니언 스프로
할까요?"
남편이 대답하든 안 하든
먹는 이야기를 하니
행복 하나가 더 추가요

행복이 뭐 별건가?
살아갈수록

행복은 아주 평범한 일상에
석류알처럼 속속들이 박혀 있음을
발견하게 된다

깨끗하고 부드러운 시트가
깔린 침대에 누울 수 있으면
그게 행복이지

토요일 아침 아무 일에도
쫓기지 않고 늦잠 자고 일어나
커피 한 잔과 바삭하게 구운
토스트 앞에 두고
감사 기도드릴 수 있으면
그게 행복이지

뒷산의 눈밭에 찍힌
사슴들의 발자국들을 보며
먹이를 못 구해 헤매는
그들이 가여워
사료 넣은 가방을 메고
미끄러운 산길 오르는데
자꾸 엎어지고 자빠지니

우스워 깔깔거리면
그게 행복이지

"오늘보다 더 가치 있는 것은 없다."는
괴테의 말처럼
가장 소중한 오늘을
감사하며 살아갈 수 있으면

그게 행복이지!

못난이 찻잔

금방이라도
눈이나 비를 뿌릴 것 같은
을씨년스러운 날씨 때문인지
진한 갈색빛을 띤 숲도
겨울을 힘들게 견디는 듯
우울하게만 보이고

감기 기운이 느껴져
어깨까지 움츠러들기에
뜨거운 차가 생각나
주전자에 옥수수와 우엉을
한 웅큼 넣어 끓이니
그 향이 집 안에
구수하게 퍼진다

지인 한 분이
제멋대로 생긴 찻잔 두개를
선물로 주셨는데

여느 찻잔처럼 선이 곱고
무늬가 예쁜 잔이 아니라
울퉁불퉁하고 투박하게
생긴 것이 딱 못난이였다
그런데다
손잡이까지 없어 뜨거운 차를
마시기가 힘들 것 같아
쓰지 않고 두었는데
이제야 꺼내어 깨끗이 닦아
방금 펄펄 끓인 차를 담아
양손으로 조심스럽게 잡으니
온몸으로 따스한 기운이 퍼졌다

지붕 위로 난 유리문을 뚫고
눈부시게 들이치는
빛을 받으며 부끄러운 듯
조용히 내 옆에 머문
못난이 찻잔은
얼핏
기원전의 다구처럼
내게 새롭게 다가왔다

차 마시길 즐겨하며
그것에 큰 의미를 부여하는
사람들은 자기가 좋아하는
특별한 찻잔을 가방에 넣고
다닌다고 하던데…
나도 이 잔을 넣고 다니면서
그리운 이들과 차를 마시며
수다 삼매경에 빠지고 싶다

그럼
달을 품은 밤하늘처럼
이 못난이 찻잔에는 삶을 녹인
이야기들이 수북이 담기겠지

수다

정기검진을 받기 위해
병원 대기실에서 기다리고 있는데
두 여자가 귀 있는 사람이면
다 들을 수 있을 만큼
큰 소리로 이야기를 하는 것이 아닌가.
그것도 공공 장소에서
자기 집 거실에 앉아 있는 것처럼 신발을 벗고
책상다리를 하고 앉아 큰 소리로 떠드니
불편한 마음을 누르며
어쩔 수 없이 듣고 있는데
그 내용이 절절히 옳은 것이어서
나중엔
그들의 수다에 빠져들게 되었다.

친구 남편이 의사인데
미술을 전공하고 싶어하는 아들을 억지로
의대에 들어가게 했는데
그 하나뿐인 아들은 부모의 소원대로

의사가 되었지만
여름 휴가 중 바다에 가서 수영을 하다
죽었다는….

그 친구가 아들 장례식에서
자기 원하는 대로 미술을 하게 둘 걸
그 어렵고 하기 싫은 공부를
강제로 시켜 고생만 했는데
자기가 죽어야지 왜 아들이 죽었냐며
땅을 치고 통곡을 하더란다.

친구의 아들이 그렇게 떠나는 것을 보고
자기는 절대 자식들에게 자신의 생각을
강요하지 않고 자식들이 좋아하는 것을 하며
하루하루 행복하게 살라고 한단다.

행복은 멀리 있는 것이 아니라
바로 내 옆에 있는데
사람들은 그것도 모르고
멀리 보이는 황금 창문을 향해 열심히 가지만
실제 그곳에 가 보면 이미 해가 다 기울어져서
번쩍이던 황금 창문은

그저 초라한 창문이었다는 것을 깨닫게 되고
그때 다시 돌아가기엔
너무 늦고 힘이 드는데
왜 그렇게 한 번뿐인 인생을 허비하냐고.

두 아줌마의 이야기들은 지어낸 것도 아니고
뜬구름 잡는 허황된 것도 아닌
삶의 경험에서 배운 자기 나름의
철학을 가진 수다였다.

그 아줌마들은 한순간도 남을 의식하지 않는 듯
말과 행동이 자유로웠고
인생을 어떤 마음으로
살아야 행복할지 깨달은 도인과도 같았다.

참…
아줌마들의 수다 속에
인생의 교훈이 숨겨져 있었다니!

비로소

에어컨 바람 때문인지
개도 잘 걸리지 않는다는 여름 감기에 걸려
고생을 하던 중에
설상가상으로 허리에 담까지 찾아오다니!

침대에서 일어나는 것부터 눈제가 생겼다.
아니…
다리로 일어나는 것이
아니라 허리로 일어났었나?
아뿔사!
이를 닦거나 세수를 하려면
허리를 굽혀야 하는 줄
의식하지 못했는데
허리가 굽혀지지
않으니 로봇처럼 뻣뻣하게
서서 세수를 하고 나면 옷이
비를 맞은 것처럼 젖었다.

바닥에 떨어진 물건을 줍는 것이
이렇게 힘든 줄 몰랐고
허리를 굽혀 양말을 신는 것은
거의 불가능에 가까워
남편을 불러서
양말을 신겨 달라고 부탁을 해야 하고
물건을 들어올리는 것은
태산을 올라야 하는 부담감보다 컸다.

허리를 쓰는 일이 이렇게
많은 줄 깨닫지 못하고 살았는데
탈이 나고 보니
나의 감사가 얼마나
소극적이었는지 알게 되었다.

살아서 자유롭게 움직일 수 있는 것
그 자체가 축복이요 감사드릴 일임을
비로소
깨닫게 되다니!

비를 머금은 잎들이
풀 냄새를 진하게 풍기는 밤

아직도 둥지에 들지 않은
이름 모를 새의 울음소리가
어둠 속에서 들려오고

하루의 고단한 짐을 내려놓고
자리에 누우니

비로소
깨달은 우둔한 자의 감사가
풀잎 위의 이슬처럼
촉촉히 마음을 적신다.

사랑하는 동생에게

따뜻하고 어여쁜 동생 미안해!

또 하나의 서글프게 지나가는 인쇄물이 아닌
또 하나의 따뜻하게 간직될 수 있는 책을 지니게 되었다.
아주 오래전부터 아마 사십여 년 전부터 계속
그녀의 책을 기다리고 있었는지 모르겠다.
그때 동생의 잡기장 내용을 만나면서 찾아왔던
감정이 아직도 새삼스럽다.
"가슴을 따스하게 녹이는 글들을 제법 쓰네!"

08년 성탄 이브에 그녀는 오빠를 따뜻하게 기억하는
송사의 메일을 보내 왔다.
'우리의 어린 시절은 가난하고 고생스러웠지만
추억이 있었습니다.'라며 인왕산 너머의 사직공원
사건을 떠올렸다.
오빠의 기억에서 멀리 멀리 사라진 사건을….

사직공원에서 해 지는 줄 모르고 놀다가 어둑해진 활터를
가슴 졸이며 걸어가던 동생에게
"저 나무에서 사람이 목매어 죽었는데 내가 바로
그 귀신이다."라고 소리를 치며 따라갔던 못된 오빠!

여름날 소파에서 낮잠 자던 동생에게
오래 자면 죽는다며 빨리 일어나라고 난리를 치다가
대신 올라가서 코 골며 자던 뻔뻔한 오빠!

토요일이면 신학생들 데려와 꽁꽁 언 수돗가에서
양말 빨게 하고 밥 차려 오게 했던 귀찮았던 오빠!

어디 오빠를 향한 이메일의 송사뿐이겠는가!

대서양을 사이에 두고 양국을 그리도 많이 오갔던,
그녀에게 뻔뻔하고 귀찮았던 사람들이 한둘이 아니었지만
뻔뻔한 자가 준 관계성의 아련한 아픔들을 그녀는
글들에서 정죄하지 않고 오히려 따스하게 품어 준다.
아마 그 원동력이 다음의 이메일에 있지 않을까?

그 추운 겨울날 살아 있는 모든 것이 얼어붙어
생명의 호흡을 느낄 수 없었던 새벽에
어린 여동생들을 새벽 기도 가라고 다그치던 오빠!

그날의 성경을 외우지 못하면 저녁을 먹지 말라던 오빠!

꼭 그때부터인지는 모르지만
그녀는 말씀과 기도로 이어진 삶을 살려고 노력했고
그것들이 글 속에 가득 녹아 있다.

삼 년 육 개월 동안 신장염을 앓고 있으면서
모든 자질구레한 일들을 엄청 시킨 오빠!
미국 유학 중에 낳은 아기를 맡기며
온 가족을 고생시킨 오빠!
이메일 속의 동생은 오라버니로 말미암아
섬김의 훈련을 많이 받았다고.
그러기에 그녀는 자신을 자랑하려고
글들을 내보냄이 아니라 이제까지 섬김의 길을 걷도록
힘을 주신 성령을 자랑하며 또한 섬기는 자를
격려하려 글들을 모았겠다.

그녀의 남편을 위시한 독자들이

선한 일에 낙심하지 않는다면
그보다 더 큰 감사가 없으리라!

23년 정초에
감사와 미안함이 범벅된
목사 박성만

격려 글

2003년.

승학초로 전근을 간 그해 2월에

처음 정이든 부장님을 뵈었다.

해가 2023년이니까 어느새 20년이 되는구나.

이 글에 정 부장님을 어떤 호칭으로 써야 하나

잠시 고민을 했다.

처음 뵈었던 그해에 6학년 학년부장님으로

만났기 때문에 지금까지도 나는 부장님으로 이분을 부른다.

수업도 많고 학생들도 사춘기에 접어들어

생활지도가 어려운 6학년은 초등학교 교사

대부분이 기피하는 학년이다.

정 부장님은 그해 이삼십대 젊은 여섯 명의 교사들과

240명 가까이 되는 6학년 학생들을 책임지는 대장이었다.

작은 체구 어디에서 그런 파워와 카리스마가 나오는지

6학년 전체를 이끌고 남도 수학여행도 다녀오고,

수련 활동에 운동회, 중간중간 말썽 피우는 학생들

정신도 차리게 해 주고, 수업과 업무가 서툰 나와 같은

초짜 동학년 교사들도 가르쳐 주시면서

마지막 졸업식까지 척척 끌어가셨다.

그런 부장님을 보면서 나도 저분 정도의

경력과 나이가 되면 일을 힘들어하거나 무

서워하지 않고 저렇게 척척 해낼 수 있을까 생각했었다.

지금은

그해 부장님보다 나도 나이를 더 먹게 되었다.

그렇게 부장님처럼 나도 6학년 부장도 해 보고

학교의 이러저러한 일을 하게 되면서,

일보다 더 어려운 것이 있음을 알게 되었다.

사람을 만나고 사람을 품는 것.

정 부장님과 그해 함께했던 동학년 교사들과

지금까지 20년의 인연을 이어 올 수 있었던 것은

정 부장님이 안아 주었기 때문이다.

작은 체구 어디에서 그런 깊은 품이 나오는지.

얼마 전 부장님이 "나 요새 다시 그림 그려."

라고 하실 땐, 그저 당연한 순서가 온 것이라 생각했다.

그동안 함께 화실과 도자기 공방을 다니면서

본 부장님의 실력은 그냥 두기에는

너무나 아까운 달란트였으니까.

40년 가깝게 교단에 섰고 퇴직하신 후
남편분과 여행 블로그를 만들어
여기저기 여행을 다니시면서 인생 제대로 즐기시는
모습이 부럽고 존경스러웠다.
그런데 왜 아직 그림은 안 그리실까 생각했었는데,
이것 봐라. 조용히 남몰래 그리고 있으셨네.

이번 그림은 그동안 부장님의 지금까지 그림과 다르다.
동화책 그림 같기도 하고, 엽서 그림 같기도 하고,
수필집 삽화 같기도 하나.
여전히 소녀 같은 부장님의 일기장을 보는 것 같기도 하다.

김나나 작가님의 책에 담기는 그림이란다.
이야기를 듣고 다시 보니, 그렇구나.
이 그림들은 글을 품고 있는 거구나.

지난 여름 방학에 작심하고 이건희 컬렉션 전시회를 갔었다.
왠지 모르게 두 번은 보러 올 것 같지 않다는 기분이 들었다.
너무나 유명한 작품들이어서 그랬을까?
그림을 보면서 감탄을 연발하지만 추억에, 마음에
편안하게 새겨지지 않았다.

소박한 된장찌개 뚝배기가, 아이를 업은 단발머리
젊은 엄마의 뒷모습이, 그리고 꽁치 세 마리가
먼 끝에 있는 내 추억을, 미소를 그리고
김나나 님의 글에 대한 호기심을 불러온다.

근처에 사셨던 부장님은
이번에 검단으로 이사를 가셨다.
3월에 큰따님이 아이를 낳게 되면 가까이서
손주를 돌봐 주실 거라고.
시골에서 보내 준 밤이며 두릅을 실컷
얻어먹을 수 있어 좋았고, 가끔 저녁 먹고
아파트를 돌 때 우연히 만나서 더 좋았고,
언제든 놀이터에서 만나 뵐 수 있어 좋았는데
이만저만 섭섭한 것이 아니었지만,
예쁜 손주라는데 어쩔 거냐.

이번 부장님의 그림을 보니, 은근 또 기대가 된다.
다음번 그림에는 어여쁜 손주를 품고 있을 것 같아서.

2023년 2월에 최은정(인천 주원초교 교사)

응원하면서 ✿

옆에서 지켜보는 것만으로도
단순히 글을 쓰는 것과 다르게
책을 낸다는 것이 얼마나 고통스러운 작업인지
알 것 같았다.

이 이야기들은 오랫동안 이국 생활을 하는
어느 주부의 단순한 회상을 넘어선 자기 성찰과
그 속의 작은 영감을 모아 논 것들이다.

'되돌아보지 않는 삶은 의미 없는 것'이라고
소크라테스가 말했다던가?
이 책의 이야기들은
아이들에게 엄마가 살아온 흔적들을
일기처럼 남기고 싶어서
흩어졌던 글들을 모으고
삽화로 덧칠을 한
와이프의 신변잡기록이다.

술을 대작하듯이 두 여인네가
글과 그림을 주고받으며 세상에 디민
잘 여물지 못한 책이지만 보는 이들에게
시골 밥상 같은 편안함과 여유와 공감을
느끼게 해 주면 좋겠다.

가 본 적이 없는 길을 가는
여인네들의 용기와 도전에 박수를 보내며
아름답고 순수한 마음들이 누룩이 되어
번져 나간다면 더없이 행복하겠다.

2023년 2월에
김나나와 40년을 함께한
김후준이 격려로 씀

여우야 여우야
뭐 하니

ⓒ 김나나, 2023

초판 1쇄 발행 2023년 5월 31일

글　　　　김나나
그림　　　정이든
펴낸이　　이기봉
편집　　　좋은땅 편집팀
펴낸곳　　도서출판 좋은땅
주소　　　서울특별시 마포구 양화로12길 26 지월드빌딩 (서교동 395-7)
전화　　　02)374-8616~7
팩스　　　02)374-8614
이메일　　gworldbook@naver.com
홈페이지　www.g-world.co.kr

ISBN　979-11-388-1957-2 (03810)